KB072555

관상왕의
1번룸

관상왕의 1번 룸 1

가프 장편 소설

초판 1쇄 찍은 날 § 2015년 5월 15일
초판 1쇄 펴낸 날 § 2015년 5월 22일

지은이 § 가프
펴낸이 § 서경석

편집책임 § 한준만

펴낸곳 § 도서출판 청어람
등록번호 § 제387-1999-000006호
등록일자 § 1999. 5. 31
어람번호 § 제1-2129호

주소 § 경기도 부천시 원미구 부일로 483번길 40 서경B/D 3F (우) 420-822
전화 § 032-656-4452 팩스 § 032-656-4453
http://www.chungeoram.com
E-mail § chungeorambook@daum.net

© 가프, 2015

ISBN 979-11-316-90238-3 04810
ISBN 979-11-316-90237-6 (세트)

가프 장편 소설

관상왕의
1번룰

FUSION FANTASTIC STORY

도서출판
청어람

CONTENTS

제1장

나와 똑같은 놈, 도플갱어

나와 똑같은 그놈.
내 인생을 송두리째 바꿔놓았다.

내 인생은 신의 사기다.

파타야에서 길모는 또 한 번 그 말을 실감했다. 태국 파타야
의 앞바다는 여행사 홈페이지에서 보던 에메랄드빛 바다가 아
니었다. 마치 인천 앞바다를 옮겨놓은 것 같았다.

'내 인생이 그렇지.'

그 해변에는 쭉쭉빵빵한 비키니 금발도 없었다. 보이는 건
빡센 영어 발음으로 보트를 타라고 호객하는 현지인들뿐. 늙
은 서양인들은 유흥업소 퇴물로 보이는 아담한 여자들을 끼고

걸었다.

그건 조금 부러웠다. 남의 나라에서 30살 정도 차이가 나는 여자를 끼고 살려면 돈과 건강이 동시에 받쳐 줘야 가능하기 때문이다.

그나마 좋은 건 밤거리였다.

파타야는 두 개의 얼굴을 가졌다. 낮에는 평온하게 관광이 가능하지만 밤이면 숨겨놓은 얼굴이 불을 켠다. 유흥업소가 본색을 드러내는 것이다.

아꼬꼬.

아꼬꼬는 남자들의 천국이다. 여기 들어서는 순간 한국의 유흥업소는 애들 장난처럼 보인다. 중앙에 설치된 좁은 무대 위에 비키니만 걸친 아가씨들이 즐비하다. 나이도 갓 20을 넘은 게 보통이다. 술값 부담도 없다. 그저 하이네켄 한 병이면 족한 것이다.

하이네켄도 그렇다. 한국처럼 비싸지도 않다. 길모는 죄의식을 느꼈다. 그러고 보면 한국 유흥업소의 술값은 세계 최고 수준이다. 거의 사기에 가까운 것이다.

아꼬꼬는 강매도 없었다. 무수하게 유혹하는 아가씨들을 구경하다가, 내키면 불러서 데리고 나오면 그뿐이다. 다 벗은 상태에서 초이스한 것이니 더 일러 무엇하랴? 물론 그냥 나간다고 소금 뿌리는 일 또한 절대로 없다.

길모의 눈에 한 여자가 들어왔다. 길모는 콜을 날리지 않았다. 들어오긴 했지만 그럴 기분도 아니었다. 한 무대가 끝나자 아가씨들이 교체되었다. 길모를 바라보던 아가씨가 내려와 옆에 앉았다.

"하이네켄?"

단순 명료한 영어로 물었다.

"Yes!"

아가씨는 여자종업원을 불러 맥주를 시켜먹었다. 까무잡잡한 피부에 한국인을 닮은 듯 보이는 외모는 잠시 길모의 시선을 끌었다. 하지만 그뿐이었다.

'후우!'

또 한숨이 나온다.

삶의 막장에 제대로 몰린 홍길모.

다른 때 같으면 이국의 여자를 마다할 리 없지만 착잡한 마음 탓에 아무것도 땡기지 않았다.

그건 어제도 마찬가지였다.

태국에는 레이디보이가 유명하다. 한국말로 하면 성전환여성 내지는 여장 남자쯤에 해당한다. 태국 유흥가에는 이런 사람들이 많은데 척 봐도 늘씬하고 섹시하다. 예쁜 여자보다 더 죽여주는 것이다.

처음에는 신기하기도 했지만 그 또한 길모의 욕망에 불을 지르지 못했다.

밖으로 나온 길모는 어둠에 묻힌 밤바다를 바라보았다.

카날리아!

강북에서 제대로 자리 잡은 고급 룸싸롱.

텐프로를 지향하는 밤의 천국.

거기 부장으로 깃발을 꽂으면 연봉 1억은 문제없다는 곳이건만 길모만은 달랐다. 한때는 나이트클럽에서 날리는 웨이터였건만 카날리아로 옮긴 후로는 오는 손님마다 파토가 났다.

진상 처리 담당 부장.

길모는 카날리아가 정리해야 할 진상고객을 담당하는 1번 룸이나 지키는 신세가 되었다. 그 위용은 대단하다. 그 면면을 살펴보면,

자기 꼴리는 대로 노는 홍길모 부장.

꼬라지는 괜찮지만 말 못 하는 웨이터 최장호.

너무 평범해 존재감 미미한 아가씨 이유나.

이국적이고 아담한 비주얼이지만 역시 말 못 하는 동남아 아가씨 마승아.

이렇게 한 팀이 되어 들어오는 걸 상상해 보라. 누구든 바로 발길을 끊을 확률 99.9%였다. 그래도 나름 유용한 면도 있었다.

과거 잘나갈 때 단골이었다고 찍자를 붙는 손님이거나 소개를 타고 찾아오는 양아치과의 손님들. 그 처리에는 최고였던 것이다.

아무튼 그런 덕분에 길모에게 차곡차곡 쌓인 건 한숨과 가불로 불리는 마이낑뿐이다.

5천만 원.

지난 1년간 길모가 번 소득이 아니라 늘어난 선불 금액이다. 거기에 먹고 살기 위해 땡겨 쓴 사채까지 합치면 채무가 7천만 원에 가까웠다. 은행권 돈이면 파산 신청이라도 하려만 유흥업소 쪽 사채는 그런 게 불가능했다.

더구나 방 사장이 누군가? 대한민국 유흥가에서 그의 돈을 떼어먹은 사람은 없다. 젊은 날부터 뒷골목에서 산전수전을 다 겪은 그는 인맥이 거미줄이었다. 판사부터 조폭까지 모르는 사람이 없는 것이다.

그가 마음만 먹는다면 이 파타야가 아니라 저 먼 아프리카 희망봉에다 길모를 묻어버릴 수도 있었다.

차라리 죽어버리자.

길모는 날마다 그 키를 만지작거렸다. 카날리아 안에서 웃음거리가 된 지는 이미 오래였다.

어쩌다 다른 부장들의 손님이 넘쳐 주워 먹는 손님이라도 받으면 아가씨들이 꺼렸다. 그 또한 길모 때문이었다.

입에 무슨 귀신이라도 씌운 걸까? 조심하며 날린 뻐꾸기조차 손님의 비위를 건드렸다. 빗나간 립서비스 덕분에 술판을 엎고 나간 손님이 한둘이 아니었다. 그 술은 길모가 마셨다. 계산도 길모가 떠안았다. 빚은 고무줄처럼 늘어갔다.

"어쩔 셈이냐?"

파타야로 오긴 며칠 전, 방 사장이 말했다. 한때 나이트클럽 사장으로 길모와 함께 일했던 정으로 봐주고 있던 터였지만 인내심의 한계가 온 모양이었다.

"신장이라도 떼어 갚겠습니다."

길모는 고개를 숙였다. 더는 염치도 없었다.

"술에 찌든 네 신장을 누가 산다고."

"……."

"이거 받아라."

방 사장이 던져준 건 파타야 왕복 항공 숙박권이었다.

"아는 여행사에서 프로모션 받은 건데 나는 여러 번 다녀왔거든. 가서 바람 좀 쐬고 운 좀 바꿔봐라. 내 물사업 20년에 너처럼 안 되는 놈은 처음 봤다."

"사장님……."

"나도 가오가 있지 내 밑에서 쪽박 차는 놈 나왔다는 말 듣고 싶지 않다."

진심일 것이다. 방 사장 밑에서 독립한 부장들이 차린 강남 룸싸롱도 부지기수다.

파타야 여행권은 그렇게 길모의 손에 들어왔다. 영어도 잘 못하는 길모. 하지만 지은 죄가 있으니 거부할 수도 없었다.

여기 가서 죽자.

표를 받아든 길모는 마음을 정했다. 기왕에 자살할 몸이라면 먼 나라에 죽는 게 쿨할 것 같았다. 더구나 파타야에는 바다가 있었고 '코란'이라는 섬 투어 일정이 있었다.

물에 들어가면 바로 가라앉는 원조 맥주병 길모. 그러니 섬으로 가는 길에 바다로 질곡의 운명을 투척하면 그만이었다.

그래도!

직업의식은 무섭다.

죽을 때 죽더라도 이 유명한 파타야의 밤 문화를 보고 싶었다. 그 때문에 외출금지령을 내린 가이드의 말을 무시하고 탐방을 강행한 것이다.

하긴 초저녁부터 빈 침대에서 뭘 할 것인가? 한없이 무거운 마음도 한몫을 했다.

걷다보니 길모의 발은 어제 들렀던 레이디보이 가게 앞에서 있었다. 여기 다시 온 건 묘한 느낌 때문이었다.

어제 길모는 여기서 이상한 느낌을 느꼈다. 남성미에 더해 여성미를 뽐내는 레이디보이들 때문이 아니었다. 말하자면 그건 데자뷰와 비슷한 느낌이었다.

"까올리?"

가게 안에 있던 레이디보이들이 인사를 건네 왔다. 한국 사람이 얼마나 많이 다녀갔으면 척 보는 것만으로도 국적을 알아맞히는 것일까? 가게 안을 한 바퀴 돌았다. 손님들과 레이디보이를 하나하나 뜯어보지만 어제의 그 느낌은 없었다.

'죽으려는 마음에 헛것이 보인 건가?'

길모는 고개를 저으며 가게를 나왔다.

어제 여기서 스쳐 간 사람은… 흡사 길모와 비슷해 보였다. 아주 잠깐이었지만 그 느낌은 강렬했다. 이 세상에 나와 똑같은 사람이 있다?

도플갱어.

길모가 그 단어를 본 건 방콕행 비행기 안이었다. 옆자리에 앉은 일행이 꺼낸 소설 제목이었다.

"어떻게 생각하세요? 이 세상에 나하고 똑같은 사람이 있다고 봅니까?"

"쌍둥이 있잖아요."

"그런 거 말고요. 다른 부모에게서 태어난 똑같은 사람 말입니다."

"소설에서는 가능하겠지요."

길모는 시큰둥하게 대답했다.

"거 사람이 왜 그래요?"

"왜요?"

"내가 관상 좀 볼 줄 아는데 해외여행 가는 사람이 퍼펙트한 죽상이잖아요? 어디 죽으러 가는 것도 아니고……."

'이 새끼, 족집게네?'

"파타야 밤 문화가 죽여준답니다. 그러니 인상 좀 펴세요."

'이 자식아, 밤 문화라면 내가 전문가다.'

길모는 인상을 구기며 창밖을 보았다. 유리창에는 길모의 얼굴이 서려 있다. 그걸 보자니 도플갱어라는 말이 구름 속에서 아른거렸다.

지구의 인구수는 사람의 뇌세포 수와 비슷한 70억 명. 그 많은 사람 중에 나와 똑같은 사람이 하나쯤 있을까? 어쩌면 있을 수도 있겠지.

나와 똑같은 사람이 있다면,

성격은 어떨까?

직업은? 그놈도 웨이터일까?

나처럼 한심한 꼬라지일까?

운명은?

그 인간의 운명도 나와 같을까?

아니다. 그런 일은 있으면 안 된다. 나 같은 놈은 이 세상에 나 하나로 족하다. 길모는 고개를 저었다.

그런데!

말이 씨가 된 걸까? 그런 사람이 파타야에서 스쳐 갔다. 하지만 아쉽게도 확인할 수 없었다. 레이디보이들이 길모를 둘러싸고 호객을 하는 사이에 자취를 감췄기 때문이었다.

'잘못 본 거겠지?'

했지만 그 미묘한 느낌은 아직까지도 길모의 뇌리에서 반딧불 꼬리처럼 깜빡거리고 있었다.

아침!

잠을 자도 피곤했다. 그 잘난 시차 때문이었다.

태국은 한국과 두 시간의 차이가 났다. 직접 겪어 보니 월드컵 때 한국 선수들이 외국에서 비실거리는 게 이해가 갔다. 두 시간 오차에도 몸이 늘어지니 말이다.

'홍길모……'

양치를 하면서 거울을 보았다. 거울 속의 모습이 초라해 보였다.

'자식⋯⋯.'

길모는 거울 속의 자신을 쓰다듬었다. 가진 것도, 배운 것도, 잘난 것도 없는 삶이었다. 이때까지 살아오면서 열심히 추구한 것도 유흥과 즉흥 쾌락뿐이었다.

돈에도 큰 미련이 없었다. 나이트클럽 웨이터 때는 제법 잘 나가기도 했지만 새는 곳이 많았다. 데리고 있는 보조들이 아프면 치료비를 대주었고 매상이 거의 없는 초보들에게도 인심을 썼다.

사회봉사에 평생을 바친 아버지를 흉내 낸 것은 아니었다. 돈은 내일 또 벌면 그만이었다. 하지만 길모의 전성기는 짧았다. 나이트클럽 전체가 불황에 빠진 것이다.

그나마 다행인 것은 죽어도 딱히 슬퍼할 사람도 없다는 사실. 혹시 장호 녀석은 울어줄지 모른다. 하지만 그놈은 말을 하지 못한다. 그러니 울어도 소리가 없을 것이다.

선글라스를 챙기려다 그냥 내려놓았다. 그런 다음, 손가락에 침을 발라 거울에 대고 '축'이라고 큼지막하게 썼다.

축!

축하할 때의 그 축이다. 오늘, 홍길모는 죽는다. 왜냐하면 오늘 일정에 섬 관광이 끼어 있기 때문이었다.

길모는 수영을 못 한다. 게다가 바다는 넓다.

나이트클럽이나 룸싸롱에서 술과 담배 냄새에 찌든 길모에게는 딱 맞춤한 새 세상 가는 길이었다.

꼬르륵!

주인의 기분을 모르는 창자가 요동을 쳤다. 밥 먹을 생각도 없었지만 떠벌거리는 가이드가 그냥 넘어갈 리 없다. 길모는 침대 시트 위에 1달러를 올려놓았다. 이건 장호가 알려준 여행 팁이었다. 이래야 품위가 있다나?

문 앞에서 돌아보니 1달러가 쪼잔해 보였다. 난생 처음 해외 여행을 온 홍길모의 마지막 흔적치고는 쩨쩨해 보였다. 10달러를 더 놓았다. 그제야 침대 위가 훈훈해 보였다.

"룸 넘버?"

"쓰리, 투, 투!"

호텔 식당 앞에서 또 영어를 썼다. 사실 영어는 별로 겁날 것도 아니었다. 알아야 할 단어는 딱 방 번호와 키뿐이었다. 호텔 바에서 술을 마실 때는 그냥 '저거'라고 가리키면 그만 이었고 술집에서는 저희들이 알아서 계산기를 두드려 보여주 었다.

하지만!

계란프라이나 하나 먹을까 싶을 때 기어이 말문이 막히고 말았다. 계란을 부치는 요리사가 친절하게도 긴 영어를 날린 것이다.

"하우 우주유 쿡 유어 에그?"

"뭐? 우유 에그?"

"하우 우주유 쿡 유어 에그?"

다시 반복되는 영어. 식은땀이 길모의 등줄기를 훑으며 흘러내렸다. 부쳐진 게 있으면 그냥 집어라도 가려만 보이는 건

날계란뿐이었다. 결정적으로 옷을 입은 둥 만 둥 한 금발의 백인 여자 둘이 길모 뒤에 서 있지 않은가?

"프라이, 계란프라이, 아니… 에그프라이!"

길모는 홀로 적진을 돌격하는 심정으로 입을 열었다.

"오케이. 써니 사이드업 오어 오버 이지?"

'이 개자식이 뭐라는 거야?'

"써니 사이드업? 오버 이지?"

"에, 에그프라이 원, 원!"

다시 한 번 말해보지만 요리사는 어깨를 으쓱할 뿐이었다.

"이 자식아. 그냥 아무거나 하나 만들어!"

제 버릇 개 주랴? 결국 참고 참았던 말이 튀어나오고 말았다. 식당의 모든 눈이 길모에게 쏠려왔다.

"아, 씨… 뭘 봐? 밥이나 처먹어."

또 한 번 부아를 쏟아놓고 돌아서는 길모. 한국말을 알아들은 한국 관광객들은 길모가 지나가자 약삭빠르게 외면을 했다. 그러다 길모가 째려보자,

"재패니스, 재패니스. 위… 재패니스."

하며 시치미를 뗀다.

'조까고 있네.'

식당을 다 엎어버리고 싶었지만 참았다. 식당을 나설 때 매니저가 인상을 찡그리는 게 보였다.

"어이, 저 자식 교육 좀 똑바로 시켜. 영어만 말이야? 한국 손님 받으면 한국말도 가르쳐야지."

손님은 갑이자 왕이다. 그건 룸싸롱에서도 꽉꽉 지키는 철칙이다. 그런데 하물며 별이 네 개나 달린 호텔이 이따위라니? 길모는 당당하게 갑의 권리를 누렸다.

"익스큐스미. 아 유 코리언?"

매니저가 소리 낮춰 물었다.

"오냐, 나 코리안이다. 코─오─리─안!"

길모는 한마디, 한마디 또박또박 대꾸해 주고는 로비로 걸었다.

꼬르륵!

같이 온 단체 여행객들과 함께 여객선에 오르자 배에서 거듭 신호가 왔다.

'참아라. 그래도 30여 년간 차곡차곡 채워줬잖냐? 알코올 비중이 너무 커서 좀 그렇지만……'

길모는 배를 쓸어내렸다. 죽음이 코앞인데 먹을 것에 연연하고 싶지 않았다.

가이드는 그 와중에도 콩팔칠팔 일장 연설을 해댔다.

"오늘 첫 일정은 코란입니다. 코는 태국어로 섬이란 뜻이니까 란이란 섬에 가시는 거예요. 섬 관광이 끝나면 중식으로 태국이 자랑하는 요리 '톰얌꿍'을 먹을 거예요. 어젯밤에 술 드신 분들은 해장으로도 끝내주니까 기대하세요."

톰얌꿍!

태국이 자랑하는 세계적인 요리란다. 벌써 세 번째 듣는 말이다. 먹을 것 이야기를 들으니 창자가 또 요동을 쳤다.

"똥꼼양인지 똥구녕인지 그만합시다. 그딴 게 맛있으면 얼마나 맛있다고……."

귀에 거슬린 길모가 쏘아붙였다.

아무렴 어떻단 말인가? 이제 아무 데나 마음이 내키는 곳에서 뛰어내리면 그만일 삶이었다.

"홍길모 씨, 오늘은 개인행동하시면 안 돼요."

빈정이 상한 가이드가 길모를 표적으로 주의를 주었다. 이 여자는 세 가지 말만 한다.

사세요!

개인행동 금지예요!

밤에 호텔 밖에 나가면 안 돼요!

길모는 세 가지 다 듣지 않았다. 기념품 가게에서 산 물건도 없고 꼴리면 이동하는 버스에 앉아 잠만 잤으며 밤이면 어김없이 거리를 서성거렸다. 솔직히 러시아 마피아 같은 놈이 총으로 머리를 날려주었으면 하는 바람도 있었다.

"그리고 오늘은 기념품 하나라도 사주세요. 다른 분들이 자꾸 뭐라고 하잖아요."

가이드가 잔소리를 종알거릴 때 주머니에 넣어둔 달러를 죄다 꺼내 그녀의 손에 쥐어주었다. 방 사장과 친한 부장들이 모아준 1,000달러였다.

"이, 이렇게나 많이요?"

가이드의 입이 귀밑까지 초광속으로 찢어졌다.

"당신 한 장 가지고 나머지 최장호에게 전해주슈."

"네?"

"아, 아무튼 좀 가지고 있으라고!!!"

길모가 쏘아붙였다. 자세한 설명은 하지 않았다. 길모가 바다에 잠기면 그때 알아먹을 테니까.

"컵쿤 카. 고마워요."

역시 돈이 갑이다. 가이드가 감격하든 말든 길모의 시선은 물결 위로 향했다. 어디가 좋을까? 기왕이면 깨끗하고, 깊고, 따뜻하면서 푸른 바다에 잠들고 싶었다.

길모의 눈동자가 바다를 훑고 있을 때 어깨 위에서 한국말이 들려왔다.

"사장님은 반드시 부귀할 상이에요. 푸르기는 가지와 같고, 누르기는 좁쌀과 같으며, 붉기는 자두처럼, 회기는 크림 같잖아요."

여자 목소리를 닮은 차분한 남자 목소리.

"그리고 이번 여행 끝나시면 부동산에 투자해 보세요. 턱에 윤기가 돌며 핑크색이 번지고 있으니 부동산이 터질 운이에요. 게다가 미간과 이마 가운데도 화색이 오르고 있어 상승 운이 분명하거든요."

길모는 날쌍날쌍한 목소리를 따라 고개를 돌렸다. 여객선 위층 난간에 나란히 선 두 남자가 보였다.

'새끼들… 뭐야? 이런 데까지 와서 부동산 투기 연구하나?'

돈 많은 놈들인 모양이다. 팔자 좋은 놈들이다.

배알이 뒤틀릴 때 길모의 일행인 30대 초반의 자매가 위층에서 내려왔다. 길모처럼 난생 처음 해외여행을 나왔다는 자매는 일행에게서 높은 인기를 구가하고 있었다.

"어머!"

그중 언니가 길모를 보더니 목소리를 높였다.

"왜요?"

"아저씨⋯⋯."

첫날부터 말끝마다 아저씨다. 다른 날 같으면 한마디 면막을 주었겠지만 길모는 개의치 않았다. 이제 그런 걸 따지는 건 별 의미가 없었다.

"그치? 그치?"

자매는 신기하다는 듯 길모와 위층을 번갈아보며 속삭였다.

"뭔데 그래요?"

길모가 쏘아붙이자 자매의 입은 합창이라도 하듯 똑같은 말을 쏟아냈다.

"아저씨 쌍둥이에요? 저 위에도 아저씨랑 똑같은 사람이 있어요."

응?

똑같다고?

'엊그제 레이디보이 가게?'

길모의 뇌리에 불덩이가 스쳐 갔다.

"비켜 봐요."

길모는 자매를 지나 계단을 밟았다. 나하고 똑같은 사람. 공연한 호기심이 길모를 위층으로 잡아끌었다.

'뭐, 뭐야?'

마지막 계단을 밟고 올라선 길모는 숨도 제대로 쉬지 못했다. 가만히 고개를 돌리는 남자. 그 남자의 얼굴이 벼락처럼 눈을 파고들어 왔다.

작은 키에 날렵한 체구.

절대 잘생기지 않은 얼굴.

그건 무려 싱크로율 100%의 홍길모 자신이었다.

그러나 상대는 놀라지 않았다. 마치 거울 속의 자신을 들여다보는 듯 담담하다. 거울에 비춘 듯 똑같은 두 사람. 파타야의 바다 위에서 만난 두 사람은 같은 얼굴이었지만 반응은 아주 달랐다.

"어이, 당신……."

길모가 깐죽거리며 입을 열었다.

"당신……."

상대는 온화한 미소를 지으며 뒷말을 이었다.

"당신이었군요. 기다리고 있었습니다."

'기다렸다고?'

길모가 인상을 구겼지만 상대는 여전히 온화했다.

"유… 코리안?"

길모가 물었다. 코리안이 분명해 보이지만 외국이다 보니 그 질문이 튀어나온 것이다.

"그렇습니다만……."

"이, 이름은? 이름?"

"윤호영. 당신은?"

"난 홍길모. 나, 나이는?"

"서른둘입니다."

"나, 나돈데. 그럼 생일은?"

물어보면서도 길모는 자꾸만 입술이 타들어갔다.

"3월 11일."

"으악, 나도 11일은 맞는데……."

둘의 대화는 거기까지였다. 그 직후에 뱃머리에서 찢어질 듯한 비명이 올라왔기 때문이었다.

"까아악!"

비명은 만국공통이다. 소스라치는 비명에는 백인과 동양인의 것들이 사이좋게 엉겨 있었다. 굉장한 위기를 감지한 길모는 얼른 고개를 돌렸다.

'옷!'

길모의 눈앞이 세상의 종말처럼 시커멓게 변했다. 어마어마한 선박이 소리 없는 쓰나미처럼 밀려오고 있었다.

콰앙!

어쩔 사이도 없이 선박은 여객선의 머리를 들이박았다. 그 충격에 길모와 관광객들이 속절없이 튀어 올랐다.

'바다다!'

순식간에 거꾸로 처박히는 길모. 바다에 잠기기 전에 길모의 눈을 파고든 건 선미에서 일어난 거대한 불덩이였다.

꼬르륵!

자신도 모르게 허우적거렸지만 길모는 잘도 가라앉았다. 물속은 이내 아비규환으로 변했다. 여기를 봐도 저기를 봐도 몸부림을 치는 사람들뿐이었다.

'그 새끼가 저승사자였나?'

머릿속에 방금 전에 본 윤호영이 스쳐 갔다. 믿기지 않게 길모 앞에 등장한 똑같은 인간. 저승사자가 목숨을 집행하러 온 거라고 해도 이상할 게 없었다.

울컥!

두어 번, 물이 목을 열고 들이닥쳤다. 목구멍이 싸하더니 더는 고통이 느껴지지 않았다. 길모의 머리에 지나간 날들이 파노라마처럼 지나갔다. 그건 한 편의 영화였다. 어린 날 행복하던 모습부터, 마침내 망가져 막장 인생이 되어버린 길모의 모습.

'엄마!'

평소에 잘 생각지도 않던 엄마가 떠올랐다. 엄마가 희미하게 웃었다. 마음이 좀 더 편해졌다.

그때였다.

어두운 바다가 꿀럭거리더니 모든 것이 검은색으로 변해 버렸다. 느낌은 사뭇 오싹했다. 아주 잠깐 사나운 침묵이 이어지나 싶더니 갈고리 모양의 낫을 든 형체들이 악몽처럼 어둠을 뚫고 튀어나왔다.

'저승사자!'

길모의 본능은 그 형체들을 알아차렸다. 길모의 눈앞을 가로막은 거대한 절망. 그건 바로 길모의 삶을 회수해 갈 저승사자들이었다.

—홍길모…….

사자들의 목소리가 의식을 타고 전해왔다.

—네.

길모의 목소리도 의식으로 새어 나갔다. 흡사 텔레파시를 나누는 것 같았다.

—네 운명을 거두러 왔다.

사자의 손에서 갈고리낫이 번쩍 빛을 발했다. 순간 길모의 손에 처참한 사체 하나가 닿았다. 충돌의 충격으로 살이 찢기고 터져 나가 참혹하게 변한 여자. 그녀는 바로 조금 전 길모에게 말을 걸었던 자매 중 언니였다.

'우어억!'

그걸 보자 길모는 파뜩 정신이 들었다. 처참한 사체 때문에 죽으려던 생각이 싹 사라진 것이다.

허우적!

미친 듯이 손발을 움직이자 몸이 떠오르기 시작했다.

—소용없어. 오늘은 네 운명의 끝날인 것이니.

사자의 목소리가 끈적하게 따라왔지만 길모는 더욱 발악적으로 움직였다.

몇 미터를 올라오는 사이에 길모의 마음은 180도 변했다. 이제 길모의 머리에는 살아야 한다는 일념뿐이었다. 하지만 길모는 물 밖으로 나가지 못했다. 밝은 빛이 바로 위에 있는데 사자가 발목을 거머쥔 것이다.

―이거 놔. 놓으라고!

발악을 하던 길모의 눈이 휘둥그레졌다. 발목을 잡은 건 사자가 아니었다.

'뭐야?'

길모는 눈을 의심했다. 발목 끝에 매달린 사람. 그는 여객선에서 본 도플갱어였다. 반응은 그 인간도 비슷했다. 얼굴이 마주치자 눈이 둥그레진 것이다.

'도플갱어?'

당혹스러움도 잠시, 물결의 일렁임 뒤편에서 저승사자가 튀어나왔다.

하지만!

당혹스러움은 저승사자에게도 옮겨갔다. 그 또한 길모와 도플갱어를 번갈아보더니 눈살을 찌푸리고 말았다.

―살려주세요!

길모가 말했지만 목소리는 이중으로 울렸다. 도플갱어 역시 똑같은 말을 한 것이다.

―한 번만!

두 번째 말도 똑같았다.

―제발…….

세 번째도 마찬가지. 거기까지 말한 길모는 도플갱어를 바라보았다. 그의 눈도 길모에게 꽂혀왔다. 차마 웃을 수도 없는 상황이었다.

─오호, 이런 일도 있군. 홍길모와 윤호영. 오늘 집행할 두 목숨이 똑같은 인간이라니? 저승사자 집행 688년 만에 처음 있는 일이로구나.

명부를 넘겨본 사사는 그제야 알았다는 듯 혼자 고개를 끄덕거렸다.

─윤호영?

─홍길모?

길모와 호영의 눈이 다시 마주쳤다. 70억 인구 중에 똑같은 인간. 그 어마어마한 확률의 기적이 참담한 비극 앞에 던져진 꼴이었다.

─행운으로 알거라. 똑같은 인간끼리 나란히 손을 잡고 저승으로 가는 것도 대단한 행운일 테니!

사자가 갈고리낫을 휘두르려할 때였다. 길모의 발목을 잡고 있던 호영이 소리쳤다.

─살려주세요.

그런데 자세히 들으니 애걸이 아니었다.

─똑같으니까 둘 다 죽일 필요 없잖아요? 한 명은 살려주세요!

그 말을 들은 사자가 낫을 멈췄다.

─우리 중에 한 명은 살려달라고요.

계속 이어지는 호영의 목소리. 그건 비굴한 게 아니라 당당한 요청처럼 들렸다.

─하나는 살려달라?

─예······.

—그게 바로 너고?

—…….

—그럴 줄 알았다. 인간들의 이기심이란 죽는 순간까지도 멈춤을 모르지.

—아니, 나 말고 저 친구를 살려줘요.

—……?

듣고 있던 길모의 눈이 동그랗게 벌어졌다. 난생 처음 보는 도플갱어. 그가 자기를 버려 길모를 구하려 하고 있었다.

—오호, 그거 뜻밖의 제의로구나. 그러니까 너는 죽어도 좋다?

—예. 우리의 운명은 이렇게 정해지는 게 맞습니다.

—무슨 헛소리냐?

—당신은 아시겠지요. 하늘이 사자여. 땅의 인간들이 얼마나 뒤틀리고 왜곡된 삶을 살아가는지. 어차피 하늘은 너무 많은 인간을 관리하느라 일일이 그 사연을 듣고 헤아릴 길이 없습니다. 그러니 우리 둘, 같으면서 다른 길을 걸어온 삶이 하나로 남아 하늘이 못한 일부를 행할 수 있도록 배려해 주십시오.

—그대…….

—사자시여. 당신은 똑같은 인간을 만났습니다. 당신만 눈을 감으면 하늘에도 득이 되는 일이 벌어질 것입니다.

—교만하구나. 감히 하늘을 운운하다니…….

—두고 보시면 알 일 아닙니까? 제 말에 틀림이 있다면 언제든 다시 집행하면 될 일.

윤호영의 목소리는 메아리처럼 아련했다. 하지만 뭔가 신념에 가득 찬 느낌도 들었다.

'이거 미친놈 아니야?'

길모는 황당했다. 무슨 소리를 지껄이는지 종잡을 수가 없었기 때문이었다. 사자는 고민하는 눈빛이 역력했다. 그 사이에 임무를 수행한 다른 사자들이 재촉을 해왔다.

─어이, 마감하고 돌아갈 시간이야!

─제발…….

갈등하는 사자를 향해 호영이 거듭 간청했다. 길모는 입도 열지 못하고 사자를 바라보았다. 완고하게 거머쥔 갈고리낫. 저게 어떻게 휘둘러지느냐에 따라 목숨이 판가름 날 일이었다.

─어이, 돌아갈 시간이라니까!

다른 사자들의 목청이 다시 날아왔다. 슬쩍 길모와 호영을 번갈아 바라본 사자의 낫이 코앞으로 다가왔다. 그러자 호영이 길모의 허리를 잡고 올라와 낫을 막아섰다.

─부질없는 짓.

사자가 기염을 토했다.

─둘 중 하나만으로 충분해요.

어쩌면 낭랑하기까지 한 호영의 목소리. 여전히 흔들림 없는 목소리가 공명처럼 뻗어나갔다. 주저하던 사자가 검은 빛을 뿌린 것은 그때였다.

사자의 낫이 길모를 막아선 호영을 후려쳤다.

후웅!

절망 같은 소리와 함께 검은 회오리가 튀었다. 호영의 혼은 성둥 잘려 나갔다. 하지만 그것으로 끝이 아니었다. 호영은 혼이 되어서도 사자를 막고 있었다. 사자의 낯빛이 변하기 시작했다. 물러갈 시간인 모양이었다. 사자는 길모를 겨누던 낫을 결국 거두었다.

그러자 괴상한 일이 일어났다. 길모에게 달라붙어 있던 호영의 사체. 그 사체의 손이 길모의 손에 깍지를 낀 것이다. 이어 그의 남은 손이 길모의 등을 당기자 둘은 포옹이라도 한 듯이 밀착되었다. 그러자 뜻밖에도 호영의 눈알이 튀어나와 길모의 눈으로 밀려들었다.

눈!

눈이었다.

'뭐, 뭐야?'

길모는 눈알이 터질 것 같았다.

'우어억!'

동시에 깍지를 낀 손에도 뜨거움이 느껴졌다.

손!

손이었다.

눈과 손에 용암이라도 밀려들어 온 것 같았다. 그리고 눈 안에서 이상한 글자들이 유성처럼 깜빡깜빡 피어올랐다가 스러져 갔다.

법.장.마.의.달.마.법.상.상.상.법.

법 장마의 달? 마법 상상법? 이건 또 뭐야? 글자들은 다투어 명멸하면서 길모의 고통을 더욱 배가(倍加)시켰다.

"으아악!"

길모는 목이 터져라 비명을 질렀다.

그 느낌은 차갑고, 한없이 뜨거우며, 빅뱅이 반복되는 듯싶었다.

"끄어어어!"

이 새끼, 착한 것 같더니 혼자 죽었다고 해코지하는 거야? 고통에 겨운 길모는 치를 떨었다.

오래가지는 않았다. 수면 위의 희미한 빛이 느껴지나 싶더니 고통도, 삶의 갈망도 단숨에 풀려 버린 것이다. 축 늘어진 길모는 물 위로 떠오르기 시작했다.

*　　　*　　　*

파쿠르!

도시의 장애물을 타고 다니는 스포츠. 몇 미터나 되는 담을 맨손으로 훌쩍 넘을 때의 기분은 최고였다. 낮은 담장도 그랬다. 단숨에 도약하면서 전진하는 그 기분이란.

길모는 하얀 도시를 타고 넘었다. 그 도시에는 담쟁이도 하얗게 보였다. 몸은 더 없이 가뜬했다. 공부와는 만리장성을 쌓았던 길모. 그런 길모에게 파쿠르는 하나의 탈출구였다. 그러다 엄마에게 걸렸다. 죽도록 맞았다. 허구한 날 주먹다짐을 하던 때 이후로 처음이었다.

그래도 길모는 포기하지 않았다. 쉬는 시간이면 학교 담장을 탔고 수업이 끝나면 동네 담과 담장을 넘었다. 길모가 넘는 담장이 높아질수록 성적은 바닥으로 내려갔다.

아들을 사회복지사로 키우고 싶던 엄마는 길모를 포기했다. 애들을 패지 않으면 담벼락이나 뛰어넘고 다니니 오죽했을까?

보육원 실장이던 아버지가 위암으로 죽은 후부터는 더 심해졌다. 그런 엄마가 길모를 이해하기 시작한 건 골절 사고 때문이었다.

신발!

그게 촉매였다.

낡을 대로 낡은 신발이 디딤돌 역할을 못하고 미끄러져 내렸다. 담벼락에서 중심을 잃은 길모는 그대로 곤두박질쳤다. 발목이 부러졌다.

"이거 신고 너무 위험한 데는 도전하지 마."

그날 저녁, 병원으로 달려온 엄마는 새 운동화를 내밀었다. 길모는 엄마의 눈동자에서 처음으로 눈물을 보았다. 그 엄마는 3년 전에 췌장암 선고를 받고 아버지를 따라갔다.

길모의 운이 배배 꼬인 건 그때부터였다. 무엇 하나 되는 일이 없었다. 차를 뽑으면 사고가 나고, 어쩌다 에이스급 아가씨를 확보하면 마이낑만 먹고 튀었다. 가뭄에 콩 나듯 기록적인 매상을 올리면 결재 부도가 났다. 빚이 쌓일 수밖에 없었다.

울적한 마음에 파쿠르를 다시 시작하게 되었다. 술에 쩔은 몸은 말을 듣지 않았지만 길모를 아주 배신하지는 않았다.

파쿠르는 대개 다섯 가지 기술을 필요로 한다.

점프., 착지, 볼트(뛰어넘기), 클라이밍(오르기), 행잉(매달리기).

다섯 가지 다 힘들었다. 나이 탓인지 뛰어넘는 기술인 볼트가 특히 그랬다. 볼트 안에도 다양한 기술이 있다. 길모는 투핸드 볼트와 턴 볼트를 집중 연습해 감을 되찾았다.

그러나 신이 나지 않았다. 철모르고 날다람쥐처럼 날뛰던 길모. 그도 어느새 적지 않은 나이테를 두르고 있었다.

그런데 오늘은 달랐다. 한국 최고라는 인간과 맞짱을 까서 이겼던 고등학교 2학년 때 못지않았다. 아니, 날개라도 돋친 듯 몸이 훨훨 솟구쳤다.

단숨에 계단형 아파트 벽을 타고 올라 옥상의 난간을 잡았다. 그리고 철봉대에서 몸을 굴리듯 돌자 가슴이 탁 트였다. 하지만 그게 끝이었다. 올라간 역순으로 내려올 때 난간이 우수수 무너진 것이다.

'으악!'

추락은 이상할 정도로 길었다. 한참을 떨어져도 끝이 아니었다. 그러다 겨우 바닥이 보이나 싶을 때 아래에 아는 얼굴이 보였다.

'도플갱어?'

그였다. 바다에서 목숨을 양보한 윤호영.

"비켜!"

길모가 소리쳤지만 호영은 움직이지 않았다. 움직이기는커녕 웃는다. 웃는 얼굴은 마치 산신령처럼 변해갔다. 하얀 수염이 무성히 자라더니 어느새 얼굴을 덮었다. 그가 팔을 벌렸다. 몸부림을 쳤지만, 길모는 호영의 하얀 품에 안겨 버리고 말았다.

＊　　　＊　　　＊

"악!"

비명과 함께 깨어났다. 눈앞에 하얀 옷이 보였다.

"으악!"

길모는 또 한 번 비명을 질렀다.

"선생님, 환자가 깨어났어요."

하얀 옷에서 말소리가 새어 나왔다. 그녀는 간호사였다.

"여긴?"

길모가 두리번거리자 간호사가 다가섰다.

"한국의 병원이에요."

'한국의 병원?'

뭐가 어떻게 된 걸까? 파타야는 꿈이었을까? 아니면 이게 꿈일까? 혼란스러운 생각은 의사 덕분에 정리가 되었다.

"다행이군요. 파타야에서 이송된 지 하루 만에 깨어나시다 니."

'파타야?'

"여객선 침몰로 관광객이 50명 넘게 죽었습니다. 한국인 사 망자도 6명이고요. 부상자만 20여 명이었는데 선생님은 의식 이 없는 채로 항공기 편으로 이송되어 왔어요."

설명하는 의사의 얼굴이 길모의 눈으로 쪽 빨려 들어왔다.

"눈 끝에 흉… 여자와 문제가 많을 상……."

거기까지 중얼거리던 길모는 스스로에게 놀라 미간을 찡그 렸다. 애쓰지도 않았는데 의사의 관상이 저절로 보인 것이다.

"예?"

놀라기는 의사도 마찬가지였다. 뭔가 치부를 들킨 듯 의사 는 불편한 인상을 감추지 못했다.

어색한 분위기는 금세 정리되었다. 의사가 다른 환자의 호 출을 받은 것이다.

"어머, 족집게시네? 관상전문가세요? 저 선생님, 여자 문제 복잡해요."

지켜보던 간호사가 입을 막으며 웃었다.

"당신은 귀 아래가 좁은 상. 버는 족족 돈이 줄줄 새어 나가 네."

"어머!"

이번에는 간호사가 비명에 가까운 소리를 질렀다. 그 또한 족집게처럼 적중한 모양이었다. 간호사들이 수군거리는 소리를 뒤로 하고 길모는 복도로 나왔다. 정신이 드니 몸이 근질거려 미칠 지경이었다.

복도에는 환자들이 많았다. 태국의 꼬부라진 글자는 보이지 않았다.

대신 머릿속에 이상한 단어가 스쳐 갔다.

법장마의달마법상상상법.

'장마? 마법 상상법?

그러자 바닷속의 처참하던 시신이 생각나며 머리가 어지러워졌다. 길모는 머리를 흔들어 상상을 떼어냈다.

남자 화장실.

화장실의 한글이 이렇게 반가울 줄이야. 태국어로 화장실은 헝남이다. 가이드가 말하길, 필요할 때가 있으니 그것만은 꼭 외워두라던 단어. 돌머리를 굴려가며 겨우 외웠지만 한 번도 써먹지 못했다.

화장실에 들어서자 낯익은 뒤통수가 보였다.

'승만이?

혹시나 싶어 다시 확인하지만 틀림없었다.

"야, 오승만!"

길모는 남자의 뒤통수를 후려쳤다.

"으악!"

고개를 돌리던 보조 웨이터 승만이 비명을 지르며 주저앉았다. 그 바람에 미처 싸지 못한 오줌이 멋대로 뿌려졌다.

"야, 왜 그래? 나 홍 부장이야. 홍길모!"

"으아아악!"

승만은 바지를 거머쥔 채 기다시피 밖으로 튀었다. 그걸 본 여자들이 또 비명을 질러댔다.

"아, 진짜 뭐야?"

짜증이 났지만 소변이 급했다. 길모가 변기 앞에 바짝 다가설 때였다. 한 무리의 사람들이 화장실로 들이닥쳤다.

"봐요. 저기 있잖아요!"

승만이 길모를 가리키며 소리쳤다. 그걸 본 길모의 미간이 확 구겨졌다. 사람들의 무리에는 가게의 아가씨들도 끼어 있었던 것이다.

"방 사장님!"

길모가 손을 들어 보이자 방 사장이 먼저 기절해 버렸다. 그 뒤로 강북의 3대 천황으로 불리는 서 부장과 강 부장, 이 부장도 사이좋게 넘어갔다. 민선아와 안지영 등의 에이스 아가씨들 또한 남자 화장실 바닥에 쓰러졌다. 치마 속으로 속옷까지 살짝 보여주는 서비스 신공을 펼치며 말이다.

남은 건 장호 혼자였다.

"우어어어!"

녀석은 짐승 같은 소리를 내지르며 길모의 품을 파고들었다. 길모가 데리고 있는 보조웨이터. 오토바이를 타다 목을 다쳐 농아가 된 장호는 길모의 품에서 껑껑거리며 눈물을 쏟아냈다.

"자식……."

[형, 살아줘서 고마워요.]

장호가 수화를 건네 왔다.

"뭐가 고맙냐? 거기서 콱 뒈졌으면 편했을걸."

[그런 말 하지 말아요. 승아하고 내가 얼마나 걱정했는데…….]

눈물로 수화를 찍어내는 장호.

"미친 새끼. 나 같은 게 뭐라고……."

길모는 눈덩이가 뜨끈해지는 걸 숨긴 채 장호의 머리를 거칠게 비벼주었다.

"……!"

영안실의 관이 열리자 숨이 턱 막혀왔다. 이건 나잖아? 생각할 것도 없이 그 말이 머릿속으로 파고들어 왔다. 조금 맥없는 것만 빼면 눈, 코, 입 모두 똑같았다. 평생 루저로 살아야 하는 크지 않은 키도 그렇고 체형도 복사판이었다.

"봤지? 이러니 우리가 안 놀라게 생겼냐?"

뒤에 서 있던 방 사장이 목청을 높였다. 길모는 고개를 끄덕였다. 승만이를 비롯한 가게 직원들이 놀란 건 너무나 당연한 일이었다.

오해의 발단은 간단했다.

파타야 여객선 충돌 사고는 국내에도 큰 뉴스 감이었다. 그런데 사망자 사진이 잘못 나갔다. 아니, 이름이 잘못 나갔다. 죽은 윤호영의 사진에 홍길모라는 이름을 붙인 것이다. 둘의 얼굴은 완전 똑같았으니 무리도 아니었다.

병원으로 달려온 방 사장 일행은 영안실에서 얼굴을 확인했다. 의심의 여지가 없었다.

그런데!

그 죽은 인간이 소변을 보는 승만이의 뒤통수를 후려쳤다. 그러니 어찌 경천동지하지 않았을까?

"진짜 똑같네?"

"부장님 쌍둥이예요?"

월 3천만 원 수입도 우습게 아는 민선아가 길모에게 얼굴을 디밀며 물었다.

"절대 아니거든."

길모는 그녀의 이마를 손가락으로 밀어냈다.

"그럼 뭐야? 어떻게 이렇게 똑같을 수가 있지?"

"그러게. 부장님이 대신 누워도 감쪽같을 거 같아."

아가씨들은 눈으로 보면서도 믿을 수 없다는 반응이었다.

'도플갱어.'

오래지 않아 윤호영의 영정이 병원을 나섰다. 그의 가족들이 온 모양이었다. 길모는 장호와 함께 행인들 틈에 섞여 그의 운구가 나가는 걸 지켜보았다.

[아무리 봐도 형이랑 똑같아.]

장호의 손가락이 수화를 만들어냈다.

[맞아요.]

승아도 손가락을 놀려 수화를 이어갔다. 똑같은 농아에 수화를 하지만 승아는 한국 사람이 아니다.

싸바이.

욕 비슷한 발음이 나는 이 이름이 그녀의 진짜 이름. 국적은 캄보디아였다.

"됐거든."

길모는 장호의 정강이를 걷어찼다.

사진은 볼수록 기분이 나빴다. 당장이라도 뛰어나가 영정을 뺏고 싶기도 했다. 마치 자기 자신의 장례식을 지켜보는 것 같은 기분. 좋을 리가 없었다.

그런데 신기한 일이 일어났다. 윤호영의 영정이 길모를 지나가는 순간, 사진이 빙그레 웃음을 머금는 것처럼 보인 것이다. 그러자 길모의 눈과 오른손이 저절로 반응을 했다. 꿈틀, 틀림없는 느낌이었다.

'뭐야?'

길모의 가슴이 철렁거렸다. 그 느낌은 짧지만 굵게 남았다.

'쓰벌, 분향이라도 해야 했었나?'

차가 완전히 멀어진 후에야 길모는 중얼거렸다. 파타야의 깊은 바다. 그곳에서 벌어진 사자와 윤호영의 거래.

그건 꿈이 아니었을까? 비몽사몽간에 일어난 일이라 확신하기 어려웠다. 하지만 한 가지는 확실했다. 도플갱어는 죽고 길모는 살았다는 거. 길모는 목숨을 확인해 보려는 듯 괜한 목울대를 눌러보았다.

캑캑!

너무 세게 누른 모양이다.

*　　　*　　　*

파타야 여객선 사고 사망자 보상금 1인당 6억에 합의!

퇴원하고 옥탑방으로 돌아온 지 사흘이 되는 날 합의금 보도가 나왔다. 덜 익은 컵라면을 먹던 길모는 배알이 뒤틀렸다.

"아, 쓰벌, 저 돈 내가 받아야 하는 건데……."

[그 돈 누가 쓰게요?]

나무젓가락을 둘로 나누던 장호가 수화를 날려왔다.

"야, 이 새끼야. 돈이 6억이야. 그 돈이면 우리도 번듯한 가게 차릴 수 있잖아?"

[대신 형이 죽잖아요?]

"……?"

길모는 입에 물었던 라면을 뱉고 말았다. 돈만 생각했지 거기까지는 생각이 닿지 못했던 것이다.

"그러네, 쓰벌!"

갑자기 입맛이 싹 달아나는 길모.

"그런데 이 새끼들이 사람 차별하는 거야 뭐야? 사망자가 6억이면 사고당한 사람도 3억 정도는 줘야 하는 거 아니야?"

[치료비 받았잖아요?]

"야, 이 새끼야. 고작 위로비 200만 원? 내 일당이 얼만 줄 몰라?"

[요즘 우리 매일 꽁비로 살았잖아요?]

꽁비는 매상이 없는 날 사장이 아가씨들에게 주는 택시비다. 그런 돈을 부장 웨이터가 받는다면 볼 장 다 봤다는 뜻이었다.

발끈한 길모의 젓가락이 장호에게 날아갔다.

"이 자식까지 사람 무시하네? 야, 내가 한참 잘나갈 때는 하루에 1000만 원 매상 올린 적도 있어."

[언제요?]

"뒤질래?"

수화를 날리는 손가락을 확 분질러 버리고 싶은 길모. 바로 그때 길모의 핸드폰이 법석을 떨며 울렸다.

"아, 누가 또 전화를 하고 지랄이야? 응?"

투덜거리던 길모는 번호를 보고는 입을 다물었다. 방 사장이었다.

"네, 사장님!"

바로 비굴 내지는 충성 모드로 돌변하는 길모.

—몸 괜찮으면 가게 나와라.

방 사장은 한마디를 남기고 전화를 끊었다.

"쓰벌, 어쩐지 잠잠하다 했다."

전화를 끊은 길모의 얼굴이 일그러졌다. 분위기를 감지한 장호도 얼굴빛이 어두워졌다.

"걱정되냐?"

[조금요.]

"그러니까 새꺄, 내가 다른 부장 밑으로 가라고 했잖아?"

[받아주는 사람이 없잖아요.]

"그럼 기술이라도 배우든지!"

괜히 장호에게 핏대를 올리는 길모.

[나하고 승아는 끝까지 형하고 같이 가요.]

"미친 새끼. 너희가 무슨 일편단심 춘향이냐? 춘향이면 안고 뒹굴기라도 하지."

[형은 우리 은인이니까.]

"아가리 닥쳐. 은인은 얼어뒈질."

[오토바이 닦아둘게요.]

장호가 빈 컵을 챙겨 들고 일어섰다. 말은 못 하지만 오토바이 하나는 선수급에 걸핏하면 책을 읽어대는 최장호. 하지만 그 또한 밤 문화 화류계에서는 쓰잘 데 없는 일에 불과했다.

"아, 씨… 가서 뭐라고 썰을 풀어야 한다?"

길모는 머리를 긁으며 고민에 빠졌다. 어차피 방 사장이 할 말은 정해져 있었다. 밀린 가불을 해결해야 하는 것이다. 궁리 끝에 위로금으로 받은 돈 중에서 100만 원을 챙겼다. 간에 기별도 안 갈 액수지만 목숨 걸고(?) 번 돈이니 통할지도 몰랐다.

그 사이에 장호가 다시 올라왔다. 그런데 기가 팍 죽어 있었다.

"왜 또 걸레 씹은 죽상이야?"

[키가 없어요.]

"키?"

[아까 컵라면 사러갈 때 잃어버렸나 봐요.]

"아, 씨… 잘 찾아봐, 새끼야. 저번에도 세탁기에서 나왔잖아?"

[편의점 가는 길을 다시 찾아볼게요.]

하는 수 없이 길모도 따라나섰다. 키는 보이지 않았다.

"야, 오토바이 키 못 봤냐?"

괜히 편의점 알바를 윽박지르는 길모. 그녀의 대답이라야 듣지 않아도 뻔한 것이었다.

"별게 다 속을 썩이네."

결국 다시 오토바이 앞으로 돌아온 두 사람. 키가 없는 오토바이는 그냥 고철덩어리에 불과해 보였다. 그때였다. 갑자기 오토바이의 열쇠 구멍이 길모의 눈을 쭉 빨아 당겼다.

'응?'

분명한 착시였다. 길모 눈이 엑스선이나 CT가 아닌 이상 오토바이 열쇠 구멍이 보일 리가 없지 않은가?

"비켜봐."

가는 철사를 주워든 길모가 열쇠 구멍을 향해 다가섰다.

[괜히 키 틀 망가져요. 사람 부를…….]

수화를 하던 장호의 눈이 중간에 부릅떠졌다. 오토바이에 시동이 걸린 것이다.

[우와!]

"쓰벌, 별거 아니네."

[형, 언제 이런 기술 배웠어요?]

"짜샤, 운전이나 해."

길모는 심드렁한 마음에 장호를 쥐어박았다. 이런 게 무슨 대수일까? 길모의 머릿속에는 방 사장의 가불이 바글거릴 뿐이었다.

제2장

이상한 변화

룸 14개의 카날리아.

그 앞에선 길모의 마음에 만감이 교차해 갔다. 파타야의 바다에 폭 빠져 죽으리란 결심으로 떠났지만 결국 제자리로 돌아온 것이다.

기왕이면 가불까지 그 바다에 녹아버렸으면 얼마나 좋을까? 하지만 질기게도 가불은 변하지 않았다. 슬쩍 옆 건물의 만복약국을 돌아본다. 그 유리 문 안에서 눈에 밟히는 한 사람. 그래도 오늘은 참았다. 약국 문을 열고 들어갈 자신이 없는 것이다.

"손님 오신다."

바쁜 사람은 서 부장이다. 톱클래스의 박스답게 오픈과 동시에 손님을 모시는 것이다. 승만이가 바로 대기실에 신호를 넣었다. 초이스의 시작이었다.

초이스!

원래 초이스는 고객 수×1.5배의 아가씨×3회가 보통이다. 하지만 황제 초이스도 있다. 가게 아가씨 전부를 출동시키는 것이다. 이건 주로 동남아 같은 곳에서 많이 하는데 여기서 경험하고 온 인간들이 따라하는 경우도 있었다.

그렇다고 해도 이제는 거의 옛말이다. 아직도 몇몇 룸에서 이렇게 아가씨를 관리하는 경우도 있지만 카날리아는 최신 초이스로 바꾼 지 오래다.

일단 손님이 오면 대기실에 신호를 준다. 아가씨들은 점호를 받는 군인처럼 전부 일어나 한 줄로 선다. 아가씨들 방에서는 손님이 보이지 않는다. 오직 선택을 받을 뿐이다. 손님 입장에서는 쿨한 조건이다. 이 아가씨 저 아가씨 뺀찌를 놓는 것도 유쾌하지 않기 때문이다.

이 시스템에도 부작용만은 거를 수 없었다. 바로 빠킹이었다. 빠킹은 손님이 한 아가씨를 동시에 지명하는 걸 뜻한다. 물론 손님이 친구 사이거나 완전 접대라면 상관없다. 이런 게 아닌 경우에는 좀 다르다. 한턱내려고 온 사람이 대접받는 사람에게 초이스를 우선권을 주었다. 그런데 하필이면 이 사람이 턱 내는 사람의 단골 아가씨를 고른다. 이렇게 되면 난감한 일이 아닐 수 없다.

서 부장의 손님은 셋이었다. 손님들은 유리로 된 대기실 앞에서 간택을 끝내고 룸으로 들어갔다. 불려나온 아가씨들은 채은서와 안지영이었다. 하나가 모자란다. 그렇다면 그건 민선아일 것이다. 서 부장이라면 이런 배려까지도 빈틈이 없는 사람이다.

여기서 잠깐, 에이스를 돌아보자.

룸싸롱 에이스.

이들과 텐프로 에이스는 뭐가 다를까?

일단 텐프로의 진정한 에이스들 수입은 상상 초월이다. 연봉 2~3억도 가능한 것이다.

그럼 에이스의 조건은 무엇일까? 얼굴만 예쁘면 장땡일까?

일단은 그렇다.

그러나 에이스로 롱런하려면 다른 '한 방'이 있어야 한다. 그래서 일부 에이스들은 외국어나 골프, 심지어는 주식 등을 공부하기도 한다. 손님들의 이야기를 들어주려면 뭘 알아야 통하는 점이 있기 때문이다.

반면, 지출도 상상 초월이다. Easy come, Easy go라고 했던가? 그 말을 증명이라도 하듯 에이스치고 제대로 돈을 모은 아가씨는 흔치 않다.

어떤 나가요는 술 시중든 스트레스를 푼다고 날라리를 펫으로 기르기도 한다. 지가 팁 받은 돈으로 차도 사주고 옷도 사준다. 심지어는 오피스텔도 얻어주고 애완견처럼 다룬다. 돈 지랄을 하는 것이다.

하지만 텐프로의 에이스라고 해서 고수입이 보장되는 건 절대 아니다. 일단 가게의 영업 방식과 능력이 중요하다. 요즘 큰손 손님들은 단지 아가씨만을 보러 오는 게 아니기 때문이다.

일단 손님이 좀 온다면 전성기의 에이스들은 트리플 더블, 즉 세 테이블을 동시에 뛰는 것도 가능하다. 손님들도 어느 정도 양해하는 쪽이다.

그러니 아가씨의 세계도 빈익빈부익부다. 트리플 더블을 뛰어도 몸이 모자라는 아가씨가 있는가 하면 밤새 한 테이블도 들어가지 못하는 아가씨도 있다. 이들은 월수 500도 버겁다. 이를테면 밤 문화의 세계에도 정규직과 비정규직이 존재하는 거와 다름이 없었다.

그런데!

손님들은 대체 돈이 어디서 나길래 물처럼 쓰고 가는 것일까? 일단 카날리아의 술값은 기본이 200이었다. 그러니 보통 300~500 정도는 우습게 나온다. 최고급 명품 양주를 예약하고 에이스까지 예약하면 1,000만 원은 우습게 넘어간다.

1,000만 원!

고작 두어 시간의 술값이다. 88만 원 비정규직들에게는 일 년치 연봉.

카날리아에 들어오는, 아니 대한민국 모든 텐프로나 1%에서 쓰고 가는 돈은 두세 가지 부류 중 하나다.

부모 잘 만나 펑펑 쓰는 놈이거나, 졸부나 벼락 수입으로 한 번 거하게 '누리고' 싶으신 분들.

마지막으로 비즈니스가 속한다.

그러나 이 비즈니스 또한 돈이 걸려 있다. 일단 텐프로에서 접대한다면 그 계약이나 거래는 수십억 이상 규모라고 보는 게 옳았다.

물론 이 외에 검은 돈이나 검은 거래, 불법 청탁과 부패한 접대도 비일비재하다.

승진 청탁, 공천 청탁, 입찰 청탁, 채용 청탁, 합격 청탁, 계약 청탁…….

입만 열면 몇 십억부터 몇 천억까지 들먹거리는 손님들. 심지어 한 번은 1억이 든 현금 가방을 두고 간 손님이 찾으러 오지 않은 경우도 있었다. 그런 사람들에 비하면 길모가 고민하는 돈은 소박한 껌값에 지나지 않았다.

'씨발, 어떤 놈들은 금고에서 돈이 썩어나가는 판에…….'

한숨이 나오지만 별수 없는 일. 그렇다고 투명인간이 되어 그들의 금고를 털어올 재주도 없는 것이다.

"몸은 괜찮냐?"

맥 풀린 길모가 구석의 사무실에 들어서자 방 사장이 물었다. 그는 온화함과 카리스마를 동시에 지니고 있다. 즉, 잘해 줄 때는 한없이 잘해주지만 눈에 거슬리면 아작을 내는 스타일이었다.

"그냥저냥……."

"미안하다."

"네?"

"기분 전환시켜 주려고 외국 보냈는데 나 때문에 죽을 뻔했으니까 하는 말이다."

"……."

"너도 참 재수깨나 없는 놈이다. 하필이면 그런 데서까지 사고냐?"

"……."

길모는 고개를 들지 않았다. 나이트 경력에 룸 경력까지 쌓이면서 눈치 하나는 입신의 경지에 오른 길모였다. 그러니 이 온화함 뒤에서 불어올 칼바람을 모를 리 없었다.

"이거……."

길모는 100만 원을 꺼내 자진 납세를 했다.

"뭐냐?"

"사고 위로금 받은 돈인데… 가불 일부라도 까려고요."

"백만 원?"

"죄송합니다. 제가 죽었으면 6억인데……."

"그 친구는 6억을 받았겠구나?"

방 사장이 의미하는 건 호영이었다. 길모와 똑같은 도플갱어……

"너, 진짜 그 인간을 파타야에서 처음 본 거냐?"

방 사상도 호기심이 발동하는 모양이었다.

"예……."

"기분 어땠냐? 완전 기절했을 거 같은데?"

"좀 놀라기는 했습니다."

"그런데 말이야, 똑같이 생긴 놈이 죽으면 너도 죽어야 하는 거 아니냐?"

"예?"

놀란 길모가 고개를 들었다.

"아아, 그냥 조크야. 똑같이 생기면 운명도 같은 건가 해서 말이야."

"······."

"가불은 어떻게 할 테냐? 거기서 해결책 가지고 돌아오겠다 더니······."

방 사장이 본론을 꺼내 들었다.

해결책!

그건 길모가 먼저 던진 말이었다. 파타야의 바다에 빠져 죽으면 그게 바로 해결책이었다. 하지만 해결책은 날아가고 길모는 여기서 숨을 쉬고 있다.

"한 달만 시간을 주십시오."

"그 한 달이 일 년도 넘은 거 알지?"

"······."

"우리 홍 부장이 쓴 각서가 몇 장이더라?"

방 사장이 육중한 고물 금고 위에서 서류 봉투를 빼내며 압박의 수위를 높였다.

"옳지. 여기 있었네. 가불 못 갚으면 신장이라도 떼어주겠다는 각서······."

"······."

"딱 한 달 줄 테니 죽기 살기로 뛰어봐. 죽을 위기를 넘겼으니 또 알아? 운이라는 놈이 팍 풀릴지."

"예……."

거기까지 대화가 오갔을 때 손님이 찾아왔다. 방 사장에게 인사를 하는 남자의 얼굴이 길모의 눈을 차고 들어왔다.

'잘리지 않은 둥근 눈… 태연하게 나쁜 짓을 할 관상.'

길모의 눈이 단박에 뜨거워지는가 싶더니 머릿속에 또다시 낯선 느낌이 스쳐 갔다.

"아, 잠깐만 밖에서 기다리시오. 얘기가 곧 끝나니까."

방 사장은 손님을 기다리게 하고 이야기를 마무리했다.

"이번이 진짜 마지막이다."

"예."

"나가봐. 손님하고 계약 건이 있어서 말이야."

방 사장이 문을 가리켰다.

"저기……."

"됐어. 나가보라니까."

"그게 아니고… 저분하고의 계약이라면 안 하시는 게……."

"뭐야?"

"관상을 보니 사기꾼……."

"나가!"

주제넘은 참견이라고 생각한 방 사장의 눈에서 레이저가 튀어나왔다. 더 말할 분위기가 아니었다.

'아, 씨… 왜 문득 그런 미친 생각이 드는 거야?'

면박을 당하고 나온 길모는 자기 머리를 쥐어박았다.

'뇌 MRI라도 찍어봐야 하는 거 아닌가?'

고개를 갸웃거릴 때 민선아와 채은서가 하늘거리는 원피스를 입고 지나갔다. 슬쩍 안기만 해도 사이즈가 적나라하게 느껴질 판이었다.

'크아, 죽인다.'

길모는 넋을 놓고 뒤태를 바라보았다. 강남 성형외과의 칼바람 신공으로 얼굴을 다듬긴 했지만 몸매 또한 조각에 버금가는 카날리아의 에이스들. 둘은 서 부장 박스에 속한다. 룸싸롱 경기가 죽었다지만 여전히 월수입 천만 원은 우습게 찍어대는 그녀들. 볼 때마다 서 부장이 새삼 존경스러운 길모였다.

서 부장!

나이 40대 중반에 접어든 중년 웨이터. 그러나 나이만으로 한물갔다고 생각하면 큰 오산이었다. 한때 골프장 밥을 먹었던 그의 영업 마인드는 방 사장을 휘어잡고 있었다.

뛰어난 골프 실력에 기업 지식과 경제 동향까지 해박한 그. 그래서인지 중견기업 사장들과 대기업 임원, 벤처기업의 임원들까지 손님이 끊이질 않았다. 그뿐인가? 인품도 유흥가 사람 같지 않아서 아가씨 관리도 탁월한 편에 속했다.

'나도 저런 애들 둘만 데리고 있으면……'

입맛이 괜히 쓴 길모.

하지만!

그것도 돈이 문제였다. 저 정도 되는 사이즈를 데려오려면 투자금이 필요하다. 때로는 2, 3천만 원 이상, 많게는 5천만 원도 마이낑으로 배팅해야 할 사이즈가 있다. 그러니 돈 없는 웨이터의 입장에서는 꿈도 꿀 수 없는 일이었다.

아가씨 입장에서도 돈이 운명을 바꾼다. 소위 '아까노끼'가 그렇다. 아까노끼는 평범한 아가씨에서 에이스로 거듭나는 걸 말한다. 이 또한 성형이 필수 코스 중의 하나였으니 돈이 키를 쥐고 있는 셈이었다.

아가씨!

밤 문화의 꽃.

사실 룸싸롱의 성패는 아가씨들이 쥐고 있다. 사장이나 마담, 박스 부장이나 안주가 아무리 좋아봤자 오십보백보다. 아가씨는 다르다. 섹시하면서도 마스크가 참신한 아가씨가 뜨면 손님이 줄을 잇는다.

그런데 에이스에도 주특기가 있다.

미모.

잘 노는 애.

뻐꾸기 날리는 기술(화술).

슈킹 고수.

여기서 슈킹은 일명 공사 기술자다. 손님 지갑의 돈 빼먹는 기술을 말한다. 한 번 자줄 듯 말 듯 밀당을 하면서 명품을 받는가 하면 테이블에서도 매상을 쏠쏠하게 추가하는 아가씨들이다.

이들 네 기능 중에서 사장이 첫손에 꼽는 건 바로 2번 기능을 소유한 아가씨다. 미모는 중요하지만 금세 질린다. 화무십일홍이라는 말은 밤 문화에도 그대로 적용된다. 두어 번 찾으면 발을 끊는 것이다.

하지만 잘 노는 아가씨는 그렇지 않다. 꾸준하다. 사장 입장에서 줄을 세우면 2〉1〉3〉4로 종결된다.

사실 길모도 에이스 감을 구한 적이 있었다. 뉴 페이스 공급처 중의 하나인 홍대 클럽에서 빈손으로 돌아온 날, 전에 일하던 아가씨의 소개로 특에이스감을 만나게 되었다.

마스크와 사이즈는 최고였다.

당연히 마이낑을 요구했다. 길모는 그 아가씨를 잡기 위해 물불을 가리지 않았다. 결국 방 사장에게 사진을 보여주고 애걸한 결과 3천만 원을 안겨주고 계약(?)을 체결했다.

그걸로 끝이었다. 3일 후부터 나온다더니 콧빼기도 보이지 않았다. 전화는 먹통이었고 돈은 날아갔다. 3대 천황의 틈바구니에서 회심의 반전을 노리던 꿈의 황제 홍길모. 엎친 데 덮친 격이었다.

'허은경, 어디서 걸리기만 해봐.'

밖으로 나온 길모는 이를 갈았다. 언제고 걸리기만 하면 껍데기를 벗겨 술안주로 씹을 판이었다. 그때, 서 부장의 손님이 비틀거리며 걸어 나왔다.

"우엑!"

술 좀 마셨나 보다. 찬바람을 쐬니 바로 오바이트다.

'아이, 씨… 하필이면 여기에서……'

잠시 후에 서 부장이 나왔다. 손님을 무한 배려하는 그다운 행동이었다.

"좀 부탁해. 이건 야식비 하고."

길모 손에 뒤처리비로 2만 원을 찔러주는 서 부장.

"형님, 배 안 아프쇼?"

서 부장의 얼굴을 바라본 길모가 물었다.

"나?"

"네."

"배가 왜?"

"형님도 어쩐지 배 아플 거 같은데?"

길모가 빗자루를 잡으며 중얼거렸다.

"얌마. 니가 무슨 점쟁이냐? 그거나 깨끗이 치워."

서 부장은 조용한 핀잔을 던지고 손님을 부축해 안으로 들어갔다.

이래저래 빈정이 상한 길모는 옆 건물에 딸린 약국으로 들어갔다.

"뭐 드려요?"

"속이 울렁거려서……."

"체하셨어요?"

"아뇨. 손님이 오바이트한 게 옷에 튀어서……."

길모는 계속 말을 더듬었다. 그녀 때문이다. 약사 류설화.

환갑이 지난 친척 약국에서 일하는 풋풋한 신삥이 약사. 이상하게도 그녀만 보면 말이 꼬이는 길모였다.

"이거 한 봉하고 같이 드세요."

퇴근 준비를 마친 류설화가 가루약과 소화제 물약을 내밀었다.

"캑!"

아무렇게나 입에 털어 넣던 길모. 결국 사래가 들려 생선가시 삼킨 고양이처럼 캑캑거리고 만다.

'에이… 배는 내가 아플 모양이네.'

길모는 얼른 입을 틀어막고 나왔다. 적어도 류설화 앞에서는 쪽팔리고 싶지 않았다.

하지만 서 부장을 향한 예측은 신기하게도 적중되었다. 영업이 끝날 무렵, 서 부장이 배를 잡고 화장실을 들락거린 것이다.

"야! 홍 부장, 너 귀신이다?"

직장 안에 고인 수분을 쪽 짜내고 나온 서 부장이 길모에게 말했다. 그때까지만 해도 그건 그냥 우연이었다. 우연에 귀신이 붙은 건 방 사장 때문이었다.

영업이 마감되었을 때 한 통의 전화가 그에게 걸려왔다.

"어, 나야!"

카운터에 전화를 받은 방 사장의 얼굴이 확 굳어버렸다.

"뭐야?"

놀라움과 신기함이 교차하는 방 사장의 얼굴. 일일결산을 하던 부장들은 그 변화무쌍한 얼굴을 바라보느라 손을 멈추고 있었다.

"오케이, 땡큐 베리마치!"

방 사장은 고양된 목소리로 전화를 끊었다. 그러고는 바로 길모를 쏘아보았다. 길모는 기가 팍 죽었다. 오늘도 역시나 한 테이블도 받지 못했다. 서 부장과 강 부장이 밀어준 테이블조차 없었던 것이다.

"야, 홍 부장. 이리 컴온!"

방 사장이 손가락을 까닥거렸다.

"너 부르잖아?"

길모가 주춤거리자 서 부장이 등을 밀었다.

"내가 너 때문에 살았다."

다짜고짜 길모의 목에 헤드락 자세를 가하는 방 사장.

"사장님……."

"니가 아까 본 그 자식이 사기꾼 냄새가 난댔잖아? 혹시나 해서 계약 미루고 아는 놈한테 문자 날렸었는데 지금 전화가 왔다. 그 자식 완전 사기꾼이라고."

"……?"

"야야, 기분이다. 가면서 소주나 한잔해라."

기분이 널널해진 방 사장이 오만 원권 두 장을 날려주었다.

"어, 사장님도 그랬어요? 나도 홍 부장이 얼굴보고 배탈 날 거라더니 바로 적중했는데?"

서 부장이 끼어들었다.

"그래? 너 요즘 사주나 점 같은 거 공부하냐?"

방 사장이 물었다.

"아닙니다. 그냥……."

"하긴 니 주제에 공부 같은 거 할 리가 없지. 아마 소가 뒷걸음질 치다 파리를 잡은 모양인데, 아무튼 고맙다."

방 사장은 길모의 뺨을 양손으로 짜자작 토닥거려 준 후에 일과를 마감했다. 길모는 청바지를 입고 나온 승아에게 10만 원을 쥐어주었다.

[오빠…….]

"됐어. 가지고 가."

미안한 마음을 숨기려고 괜히 목청을 돋구었다. 그나마 유나는 꼼사리로 두 테이블을 뛰었다. 하지만 승아에겐 한 테이블도 못 안겨줬으니 부장으로서 쳐다볼 면목도 없었다.

[이건 너 써.]

착한 승아는 오만 원권 한 장을 장호에게 건네주었다. 둘은 늘 이런 식이다. 초록은 동색이라고 수화 친분을 과시(?)하는 것이다.

[형이 진짜 그런 거예요?]

승아가 나간 후에 장호가 손가락을 놀리기 시작했다. 장호는 옆구리에 밀대를 끼고 있었다. 가게의 청소나 잔일은 길모 팀의 몫이 된 지 오래였다.

"그게 좀 이상하네?"

길모는 고개를 갸웃거렸다.

[나도.]

"씨벌, 귀신이 씌었나?"

길모는 대형 거울 앞에 서서 자신을 바라보았다.

파타야!

그 공포의 바다가 떠올랐다. 도플갱어 윤호영도 떠올랐다. 그건 꿈이었을까? 저승사자에게 목숨을 내주고 길모를 구해준 호영. 그 인간이 맞잡았던 손, 그리고 눈⋯⋯.

'그때 후끈한 불덩이가 느껴졌었지?'

손을 뚫어져라 보다가, 거울에 얼굴을 비춰보았다. 그러자 눈동자 안에서 뭔가 맹렬하게 이글거리는 게 보였다.

'티가 들어갔나?'

거울에 바짝 다가서 얼굴을 들이댔다. 그러자 검은 눈동자 안에서 아른거리는 윤호영의 눈알이 보였다.

"으아악!"

길모는 태국의 바다에 울려 퍼지던 비명처럼 찢어지는 소리를 내며 주저앉고 말았다.

비가 추적추적 내리기 시작했다.

한잠을 때리고 나니 오후 2시가 넘었다.

"야, 그만 일어나."

늘 그랬듯이 길모는 장호의 엉덩짝을 걷어찼다. 비가 와도 가게 청소는 해야 하기 때문이었다. 어느 사이에 룸 청소를 도맡게 된 길모. 신세 한 번 개관 오 분 후였다.

[컵라면 먹을까요?]

세수를 하고 나온 장호가 컵라면을 들어 보였다.

"새끼야, 컵라면 냄새난다."

[그럼 김밥 사와요?]

"됐어. 나가는 길에 사먹고 가자."

아직은 위로금이 남았다. 주머니에 돈이 있으니 궁상을 떨 필요는 없었다.

[돈 아껴야 하는 거 아니에요?]

"뒈질래?"

수화를 날리던 장호가 길모의 기세에 입술을 삐죽거렸다. 장호는 정신이 제대로 박힌 놈이다. 틈만 나면 책을 본다. 그래서 아는 것도 많았다. 적어도 길모하고는 질이 달랐다. 길모도 그걸 알고 있었다. 하지만 그러면 뭐할까? 장호는 말을 못하는 놈이었다.

장호는 우비부터 꺼내 들었다.

"집어넣어."

길모가 인상을 긁자 장호가 돌아보았다. 가게로 가는 운송 수단은 오토바이였기 때문이었다.

"오늘은 택시 타고 간다."

[형……]

"새끼야, 택시비 아껴서 재벌 되냐?"

길모는 또 한 번 장호의 엉덩이에 킥을 날려주었다.

다행히 우산은 많았다. 비가 오면 놓고 가는 손님들 덕분이었다. 때로는 아가씨들도 우산을 놓고 갔다. 우산 따위는 룸싸롱에서 목숨 걸고 챙길 목록이 아니었다.

"순댓국 두 그릇요. 머리 고기 좀 왕창 넣어줘요."

도로변의 해장국집에 들어서기 무섭게 길모가 소리쳤다. 안쪽에 있던 손님 하나가 고개를 들었다.

"뭘 보쇼?"

길모가 까칠하게 응수했다. 손님은 먹던 그릇을 들고 국물까지 끝장을 내더니 오천 원을 놓고 일어섰다.

'웅?'

그 순간, 길모의 눈자위가 격하게 구겨졌다.

[아는 사람이에요?]

"그게 아니고……."

[그럼 왜요?]

"저 인간 미간이 거무스름하면서 붉은색이 돌잖아? 딱 사고 날 상이다."

[형, 너무 오버하는 거 아니에요?]

"아, 나도 몰라 새끼야. 그냥 그런 생각이 드는 걸 어쩌라고?"

잠시 후에 순댓국이 나왔다. 그리고 첫 수저를 뜨는 찰나, 밖에서 차량의 급정거 소리가 들려왔다.

끼아아아악!

[뭐죠?]

순대를 새우젓에 찍던 장호가 물었다. 길모는 대답을 못 했다. 방금 전에 했던 말이 눈에 밟히는 까닭이었다.

[내가 보고 올게요.]

장호가 뛰어나갔다. 상황을 아는 데는 오랜 시간이 걸리지 않았다.

[형!]

장호는 헐떡거리며 돌아왔다. 그리고는 숨 쉴 사이도 없이 수화를 그리기 시작했다.

[방금 그 아저씨, 마을버스에 치였대요.]

"……!"

길모는 입에 물었던 순대를 토해냈다. 또 관상이 적중한 것이다.

밖으로 나온 길모는 구급차에 실리는 남자를 바라보았다. 우연이었다. 그 남자의 운을 예측한 건. 그러나 우연이 아니었다. 우연이 계속 중복될 리가 없는 것이다.

'쓰벌, 나 미친 거 아냐?'

먼 허공에 꽂힌 길모의 눈동자가 파르르 떨고 있었다.

이상한 우연은 그날 밤에도 이어졌다.

"나 미쳐!"

아가씨 대기실에서 민선아의 짜증이 폭발하고 있었다. 그녀의 손에 들린 건 천만 원에 육박하는 명품 중의 명품. 또 어떤 눈먼 놈이 환심을 사려고 안겨준 모양이다.

민선아의 짜증 원인은 지퍼 끝에 달린 악세서리 번호키였다. 그것 때문에 가방을 열지 못하는 것이다.

"야, 포장 뜯을 때 번호 안 봤어?"

윤창해가 물었다.

"기집애야, 내가 천재냐? 봤지만 잊어버렸지."

민선아가 인상을 긁었다. 안 봐도 동영상이다. 언감생심에 취해 비번을 잊어버린 것이다.

대기실은 금세 비번 해제 대회장으로 변했다. 상품도 쏠쏠했다. 민선아가 에이스답게 피자 다섯 판을 건 것이다.

아가씨들로도 모자라 보조 웨이터와 부장들도 가세하게 되었다. 그런데도 자물쇠는 풀리지 않았다.

"기집애, 네 자리 수라면서 그것도 기억 못 하냐?"

"그러게 말이야. 대리점 가지고 가라."

채은서에 이어 세 번째 시도한 안지영도 두 손을 들었다.

"뭐야? 다들 열라 똑똑한 척하더니 별 볼 일 없네."

짜증에 묻힌 민선아가 볼멘소리를 질렀다.

"아니, 왜 다 여기 몰려 있는 거야?"

담배와 드링크를 준비하던 길모가 끼어들었다. 그래도 명색이 부장. 그 체면에 할 일은 아니었지만 이렇게라도 잘나가는 부장들 잔일을 해줘야 '주워먹기'라도 기대할 수 있기 때문이었다.

"선아 이년이 명품 가방 받았는데 비번을 몰라서 지퍼를 못 연대요. 미친년……"

"열쇠 번호?"

"부장님이 한 번 해봐요. 기왕이면 다 같이 어리바리 클럽에

가입하자고요."

몸매를 고스란히 드러낸 원피스를 입은 채은서가 가방을 건네주었다.

"야, 줄 사람을 줘야지? 홍 부장은 열 받으면 바로 찢어버린다."

은서 옆에 있던 강 부장이 코를 차며 웃었다.

이게 길모의 위상이다. 말이 부장이지 에이스 아가씨들조차 은근히 길모를 우습게 아는 분위기가 만연한 형편이었다.

'비번?'

길모는 대수롭지 않게 받아넘기며 가방을 바라보았다. 네 줄로 된 번호들이 나른하게 반짝이기 시작했다. 길모는 간단하게 비번을 해제해 버렸다.

"우와아!"

대기실이 박수로 뒤덮였다. 아가씨들 심부름을 갔던 장호도 복도에서 그 박수를 들었다.

"홍 부장님, 보기보다 머리 좋다. 짱이에요, 짱!"

시큰둥하던 민선아가 엄지를 세워주었다. 별것도 아닌 일이지만 기분은 나쁘지 않았다.

지퍼가 열리자 지갑도 열렸다. 민선아가 피자를 쏜 것이다. 텐프로 아가씨들도 여자다. 따라서 군것질을 좋아한다. 하지만 똥배는 나오지 않는다. 나오는 순간 땡, 종소리가 나기 때문이다. 짐 싸라는 종소리…….

1번 룸.

길모는 소위 전용 룸(?)으로 들어섰다. 열다섯 룸 중에서 유일하게 원목으로 장식된 룸. 한때는 에이스 부장의 전용 룸이었지만 세태가 변했다. 룸싸롱의 실내장식 유행이 대리석으로 바뀐 것이다. 저번 사장이 리모델링을 하면서 이 룸 하나만은 원형대로 남겨두었다. 이유는 이 룸에 쓴 원목이 가장 좋은 것이라서였다.

1번 룸… 좋게 보면 고풍스러운 멋도 있다. 그래도 길모는 이 룸을 좋아하지 않았다 과거야 어쨌든 뒤처리 전문 룸 아닌가? 그러니 재수 없는 방쯤으로 여기며 이 룸을 벗어나 7번 룸으로 진출할 꿈만 꾸던 길모였다.

그런데!

태국을 다녀오고부터 느낌이 조금 달라졌다. 늘 코에 맴돌던 케케한 냄새가 멈춘 것이다. 뿐인가? 원목에서 은은한 향까지 나는 것 같았다. 이 또한 참 이상한 일이었다.

이날의 길모의 두 번째 우연은 손님에게로 번져 갔다.

새벽 두 시가 되자 강 부장의 전용 룸이 웅성거리기 시작했다. 오늘따라 처리할 진상고객조차 없어 1번 룸에서 하품이나 하던 길모. 그 소란을 듣고 복도로 나왔다. 저만치 룸에서 안지영이 나왔다. 지영의 옷 또한 라인이 죄다 드러나는 하늘하늘한 원피스였다. 저런 모습을 볼 때면 룸싸롱도 참 잔인한 곳이라는 생각이 든다.

수컷들!

술은 제대로 겪었다. 옆에는 확 땡기는 여자들이 입은 듯 만 듯한 옷을 입고 달라붙어 있다. 이거야 말로 성 고문이 아니고 무엇일까?

"뭐 잘못됐냐?"

"그게 아니고, 손님 중 한 사람이 서류 가방을 열어야 하는데 번호가 생각이 안 난다지 뭐예요."

그런 일들은 왕왕 일어났다. 술이라는 놈의 본색이 무엇인가? 바로 기억력 킬러다. 많이 마시면 마실수록 더욱 그렇다.

"뭐가 문제야? 돈 많아서 팔자 좋은 놈들이 내일 정신줄 멀쩡할 때 열면 되지."

제3자로서 길모의 대답은 간단했다. 텐프로 올 정도면 하루 이틀 일 안 한다고 굶을 인간은 없었기 때문이다.

"아!"

길모의 대답을 들은 지영의 목소리가 확 높아졌다.

"왜?"

"부장님이 한 번 해봐요. 아까 선아 가방 번호도 풀었잖아요."

"야, 그거야 우연히……."

"뭐가 달라요? 한 번 해봐요. 가방 주인이 물주인데 거기 신경 쓰느라 술도 잘 안 마신다고요. 또 알아요? 부장님이 풀면 나도 팁 좀 왕창 땡길지."

"어어!"

지영은 어쩔 사이도 없이 길모의 손을 잡아끌었다. 이렇게 해서 길모는 또 낯선 서류 가방 앞에 앉게 되었다.

"내가 생각나는 건 여기까지야. 분명 이것들 속에 있을 텐데……."

손님이 메모지를 내놓았다. 여러 가지 숫자의 조합이었다.

'아, 씨… 내가 무슨 재주로…….'

가방 앞에서 길모는 눈만 끔벅거렸다. 속 모르는 지영은 기대가 가득한 표정으로 눈을 떼지 않고 있었다.

가방 키에 걸린 숫자의 조합은 여섯 자리. 일단 손님이 내민 번호를 대충 섞어 눌러보지만 열리지 않았다.

"하핫, 기술자라더니 별수 없네?"

손님이 길모의 등을 토닥거리며 웃었다. 식은땀으로 흠뻑 젖은 길모는 가방에서 손을 떼었다.

"아무튼 수고. 이건 팁!"

손님이 만 원 한 장을 가방 위에 올려놓았다. 순간, 길모는 보았다. 자물쇠에 달린 작은 번호들이 차례로 빛이 나는 걸. 만 원을 밀어낸 길모는 그 빛을 차례대로 눌렀다.

띵!

띵!

첫 번째 띵은 가방이 열리는 소리였다. 두 번째 띵은 아가씨들과 손님들의 머리를 스쳐 가는 청명함이었다.

"이야, 팁 주니까 바로 여네. 진작 말을 하지."

가방의 주인이 엄지를 세워보였다. 동시에 그 옆에 있던 지영이도 손가락을 세워보였다. 복도로 나온 길모는 맥이 탁 풀리며 벽에 몸을 기댔다.

가만히 손을 들여다보는 길모. 손이 파르르 떨고 있었다. 어쩐지 자기 손 같지 않은 기분이었다.

'젠장할, 귀신이 손에도 붙었나.'

*　　*　　*

잠을 자지 않았다.

잠이 오지 않았다.

찜질방에서 땀을 빼면서도 길모의 뇌리에는 윤호영뿐이었다.

'뭔가 잘못됐다.'

그건 직감이었다. 길모가 남들에 비해 경쟁력이 있는 건 세 가지였다.

파쿠르.

싸움.

그리고 걸쭉한 입담!

주먹과 박치기 하나는 세계 정상급(?)이라 자부했지만 싸움의 끝은 늘 허망했다. 이상하게도 성취감을 못 느낀 것이다. 하지만 파쿠르는 달랐다. 재미도 솔솔, 성취감도 솔솔 피어났다.

비록 한때지만 파쿠르는 누구와 겨뤄도 꿀리지 않았다. 그가 벽을 타고 장애물을 넘으면 일진들도 혀를 내둘렀다. 덕분에 미남도 아니면서 중고등학교 시절, 남녀를 초월한 인기를 구가했던 길모였다.

다음으로는 꼽을 게 없었다. 여자는 좀 꼬시는 편이었지만 그건 여자들의 수준이 낮은 까닭이었다.

참고로 길모는 정신줄이 제대로 박힌 여자는 꼬셔본 적이 없었다. 그가 손을 댄 건 대개 죽순이나 빠순이, 나가요걸들이었다.

'씨발, 진짜 인생 한심하게 살았네. 인간 홍길모가 이렇게 내세울 게 없었냐?'

자랑할 게 없는 삶을 한탄할 때 이름에 꼬리가 붙었다.

홍길동.

그러고 보니 굳이 꼽는다면 한 가지가 있었다. 바로 '정의의 사도' 였다. 길모는 한때 홍길동으로 불렸다. 이름이 비슷한 까닭도 있지만 어려운 친구들을 도운 일 때문이었다.

부자 친구 주머니 슬쩍해 가난한 친구 급식비 내주기.

엄마의 지갑을 털어 친구 놈 오토바이 사고 치료비 보태기.

의적 활동은 웨이터가 된 후에도 종종 자행되었다.

에이스에게 돌아갈 팁을 빼돌려 꿍친 아가씨 택시비 주기.

손님이 실수로 더 지불한 돈으로 보조 웨이터들 아침밥 사주기.

심지어는 손님들이 흘리고 간 지갑의 돈을 연말연시 구세군 냄비에 넣은 적도 많았고, 나이트클럽 웨이터 시절, 손님들이 흘린 핸드폰을 처분해 지하도의 거지 깡통에 몽땅 투하한 적도 많았다.

아, 선생님 주머니를 털어 모친상을 당한 친구 놈 부의함에 넣은 적도 있다. 그 봉투는 학부모회에서 회식비로 준 것이었다. 그걸 챙긴 선생님이 화장실에서 휘파람을 불다가 봉투를 흘렸던 것이다.

그건 아마 유전자 때문인지도 몰랐다. 딱히 착하거나 정의의 사도도 아닌 길모. 그럼에도 불구하고 뜬금없이 '꼴리면' 괜히 질러 버리는 것이다.

하지만 관상이라면, 관(觀) 자도 공부한 기억이 없었다.

여자들 꼬시느라 손금이니 손톱점이니 하는 건 주워들었지만 그것도 입만 나불거리는 수준이었다.

관상과 연관된 사주나 역학, 토정비결 같은 것도 거리가 멀었다. 플레이보이나 쭉쭉빵빵한 아가씨들 화보가 아니라면, 책이라고는 라면 받침으로 쓰는 게 전부일 정도였다.

'그런데?'

길모의 눈에 관상이 보였다. 그냥 숨 쉬는 것처럼 저절로 보여졌다.

오관(五官).

사독(四瀆).

오성(五星).

칠요(七曜).

육부(六府).

십이학당(十二學堂).

팔대(八大).

팔소(八小).

십이궁(十二宮).

갑자기 관상 천재가 되었나 싶어 관상 용어들을 찾아보았다. 까만 건 글자요 여백은 종이라. 눈알만 팽팽 돌았다. 그러니까 길모에게 허용된 건 유창한 관상 이론까지 겸비된 게 아니라 본능적인 능력 같았다.

물론 그것만 해도 경천동지, 은하수가 넘쳐 서울에 홍수가 날 일임은 분명했다.

그에 못지않게 기절초풍할 일이 오른손이었다. 눈이 저절로 관상을 본다면 손은 미다스의 그것으로 변했다. 오토바이부터 자물쇠 같은 것의 열쇠가 따로 필요치 않았다. 구멍으로 된 것은 장치 속이 훤히 보였고 번호로 된 것은 저희들이 알아서 번호를 반짝거려 주었다.

길모는 손가락을 깨물어보았다.

"아, 씨이!"

통증과 함께 바로 욕설이 튀어나왔다. 꿈은 아니었다. 완전 현실이었다.

'그 인간이 죽으면서 나하고 합쳐진 건가?'

추론이 가능한 건 그것뿐이었다. 만약 그 인간의 직업이 관상가라면, 혹은 열쇠가게나 금고공장 같은 델 다녔다면?

'미친… 그런 게 가능하기나 해?'

거침없이 질러가던 생각의 줄기가 성등 잘려 나갔다. 그런 건 있을 수 없었다. 설령 그 인간이 그런 능력이 있었다고 해도 그게 어떻게 길모에게 전달이 된단 말인가? 파일을 복사하는 것도 아닌 바에!

'그런데 가능하잖아?'

생각은 또 뒤집혔다. 가능하지 않은 일이 가능하고 있었다. 그건 찜질방에서도 확인할 수 있었다.

'저 인간은 쇠심줄 구두쇠.'

다섯 명이 무리로 온 아줌마들 관상을 보았다. 적중했다. 네 명은 돌아가며 음료수부터 구운 계란까지 쏴대는데 구두쇠 관상의 아줌마는 지갑을 열지 않았다.

'젠장!'

이쯤 되면 그냥 넘어갈 수 없었다.

"야, 먼저 자라. 나 들릴 데가 있다."

장호에게 전화를 때린 길모는 택시를 잡아탔다. 그가 내린 곳은 파타야 사고 대책 본부가 있던 여행사 건물이었다.

"윤호영 씨 인적 사항이오?"

보상까지 끝나면서 해체된 대책 본부. 여직원은 자기 업무가 아닌 듯 길모를 위아래로 흩어보며 물었다.

"네."

"어디서 오셨는데요?"

"그 사고 피해자예요."

"아, 그래요?"

여직원은 여전히 경계의 눈빛을 풀지 않은 채 말끝을 이어 갔다.

"그런데 그분 연락처를 왜요?"

"알고 보니 우리 형이더군요."

"네?"

여직원이 눈을 동그랗게 뜨며 물었다.

"어릴 때 헤어진 형이라고요. 사진 있던데 확인해 보세요."

"기다리세요."

팔랑팔랑!

여직원의 서류 넘기는 소리가 한적한 사무실의 공기를 흔들었다. 그러다 여직원의 손이 멈췄다. 윤호영의 사진을 찾은 모양이었다.

"어머!"

예상대로 비명이 터져 나왔다.

"주소나 따주세요. 전화는 못 받을 테고……."

길모가 말하는 사이에도 여직원은 사진과 길모를 번갈아보았다. 그런 다음에야 주소 한 줄을 적은 메모지를 건네 왔다.

집을 찾는 건 그리 어렵지 않았다. 검색을 하고 지도를 보면 그뿐이었다. 윤호영의 집은 낡은 연립주택의 지하였다.

'씨발, 이 인간도 지지리 궁상으로 산 건가?'

기분이 좋지 않았다. 기왕이면 뽀대나는 부자이길 기대했었다. 그렇다고 그 덕을 볼 생각도 없었지만 초라한 주택, 그것도 지하라니 괜한 한숨이 나왔다.

문은 잠겨 있었다.

자물통을 잡으니 구멍이 보였다. 따는 건 문제도 아니었지만 잠시 망설이게 되었다. 남의 집에 들어가는 건 명백한 범죄였기 때문이었다.

결국 절차 하나를 더 걸쳤다. 길모는 계단을 올라갔다. 다행히 집주인은 그 연립의 4층에 살고 있었다.

"이봐요, 아무도 없어요?"

길모는 4층 문을 두드렸다.

"누구요?"

철문 앞에서 노인의 목소리가 흘러나왔다. 문은 곧 열렸다. 하지만 비명도 함께 쏟아져 나왔다.

"아아악!"

노인은 문고리를 잡은 채 휘청거렸다. 길모는 어쩌지도 못하고 엉거주춤 노인을 바라보았다.

"귀, 귀신……."

노인은 상한 우윳빛 얼굴이 되어 바들바들 떨었다. 그제야 감이 왔다. 노인은 지금, 길모를 윤호영으로 착각하고 있는 모양이었다.

"저 귀신 아니에요. 아저씨!"

"저리 가. 훠이~ 훠어이~"

노인은 겁에 질린 표정으로 손사래를 쳤다.

"아, 진짜 귀신 아니라니까 그러시네. 그냥 지하에 사는 윤호영 씨 찾아온 사람이라고요."

"이놈의 귀신이 멀쩡한 대낮에……."

노인은 신발장 옆에 걸린 기다란 구두칼을 벗겨 들고 휘둘렀다.

딱!

소리와 함께 길모의 이마에서 피가 흘러내렸다. 제대로 맞은 것이다.

"아, 진짜… 아저씨, 경찰에 신고할 거예요."

"피 나네? 그럼 귀신 아닌가?"

"아니라고요. 나 사람이에요!"

길모는 피를 닦으며 짜증을 폭발시켰다. 그제야 노인도 눈을 꿈뻑이며 진정하는 기미가 보였다.

"거참, 신기하게 닮았네."

상처를 본 노인은 미안한 마음에 휴지를 꺼내주었다.

"한 장 더 주세요."

"둘이 쌍둥이야?"

"어릴 때 엄마가 쌍둥이 키울 능력이 없어서 저를 고아원에 버려 버렸대요."

길모는 그럴 듯하게 둘러댔다. 그렇지 않으면 얘기가 길어질 것만 같았다.

"그럼 보상금 때문에 온 거야?"

노인이 길모를 바라보았다. 사망자 보상금은 물경 6억 원. 노인이 그렇게 생각할 여지는 충분했다.

"아뇨. 저는 돈에는 관심 없어요. 그냥 형이 궁금해서……."

"어이쿠, 형제 맞네. 얼굴도 그렇지만 마음씨까지 붕어빵이잖아?"

"예?"

"자네 형 말일세. 윤호영도 돈에는 욕심이 없었거든."

'그 인간도?'

"아무튼 잘 왔네. 그렇잖아도 자네 형 짐을 버릴 참이었어."

"버린다고요?"

"그 왜, 얼마 전에 법정상속인이라는 인간이 다녀갔거든. 그런데 그 인간 참 싸가지 없대."

"……"

"글쎄, 법적상속인이라는 증명서 한 장 보이더니 멋대로 들어가서 방을 스윽 훑어보더라고. 뭐 돈 좀 될 거 같은 노트북 뭐시긴가 하는 거하고 방 계약금까지 챙기더니 꼴랑 50만 원을 던지고 가더라고. 자네 형 짐 처분비라나 뭐라나?"

'짐 처분비?'

"인간의 탈을 쓰고 그러면 안 되지. 법이고 나발이고 그래도 사람이 죽었는데 사는 형편은 어땠냐, 죽기 전에 다른 말은 없었냐 하고 묻는 게 인정 아닌가?"

"그렇죠."

길모는 노인의 말에 공감했다. 가만히 듣기에도 부아가 치미는 일이었다.

"그래서 내가 그 인간 간 다음에 소금을 뿌려 버렸지. 보아하니 살았을 때는 왕래도 없던 것 같두만."

"잘하셨습니다."

"그런데 형제면 보상금도 자네가 받아야 하는 거 아닌가?"

"그런 건 관심 없다니까요."

"6억인데?"

"그건 됐고요. 형이… 죽기 전에 뭐라고 한 말이 있나요?"

길모는 노인이 한 말이 마음에 걸렸다.

"있지!"

노인은 기다렸다는 듯이 말했다.

제3장

그놈의 정체

"그런데 말이야……."

노인이 지하실 문 앞에서 길모를 돌아보았다.

"좀 놀랄지도 몰라."

"왜요?"

"자네 형 취향이 좀 독특한 건지… 아니면 내 오해일 수도……."

"뭔데요?"

"아무튼 직접 보라고."

노인은 자물쇠를 벗기고 문을 열었다.

"기왕 이렇게 된 거 폐지 주워가는 영감탱이들 부를 테니까 필요한 게 있으면 챙겨가시게. 뭐 쓸 만한 것도 있을 텐데 죽은 사람 거라고 하니까 가져가는 사람이 없어."

노인이 전화를 하는 사이에 길모는 빈 방에 들어섰다.

곰팡이 냄새가 풍기는 지하 방. 생기가 하나도 없었다. 그건 비단 지하라서가 아니었다. 방도 주인의 부재를 아는 것이다.

그나마 방은 깔끔했다.

그도 죽음을 직감했던 걸까? 혼자 사는 남자의 방이라고는 믿기지 않을 정도였다. 그 방에서 제일 먼저 길모의 시선을 끈 건 그림이었다.

책상에 떡 하니 붙은 두 장의 한지 그림. 얼굴과 손바닥. 바로 관상과 수상을 보기 위한 그림이었다. 그 아래로 낡고 낡은 관상책들이 보였다. 그리고 그 옆 박스. 수천 장의 종이가 쌓여 있다. 종이의 절반 이상은 사람 얼굴을 그린 것이고 나머지는 금고 설계도 그림과 복잡한 컴퓨터 프로그램들이었다.

얼굴 그림을 집어 들었다. 종류가 많았다. 그림마다 다 달랐다. 여자도 있고 남자도 있었다. 그러나 색칠은 하지 않았다. 다만 눈, 코, 입, 귀가 또렷이 붙어 있을 뿐.

얼굴 윤곽 그림.

금고 설계도.

컴퓨터 프로그램들.

이건 대체 무슨 연관이란 말인가? 길모의 머리로는 연관성이 짚이지 않았다. 손에 든 얼굴 그림을 내려놓고 책 제목을 훑어보았다.

달마상법.

마의상법.

유장상법.

곰팡이가 곳곳에 핀 고서적은 오줌을 지린 듯 누렇게 떠 있었다.

'이 인간이 진짜 관상쟁이였나?'

궁금한 마음에 손을 대려는 순간 글자들이 어지럽게 얽혀보였다.

법장마의달마법상상상법.

장마… 마법… 상상……. 길모를 눈살을 찡그리며 책 제목을 하나씩 짚었다. 그리고 마침내 길고 긴 탄식을 쏟아냈다.

'맙소사!'

장마의 달 마법 상상이 아니었다. 그건… 파타야의 바다… 도플갱어가 길모 안으로 밀려드는 것 같을 때 반짝이던 글자들. 바로 이 책 제목들이 엉기고 성긴 것이었다.

'이 새끼가 자기 재주를 몽땅 나에게 전해주고 죽은 거야?'

길모는 휘청거리다 기어이 엉덩방아를 찧었다.

"왜 그러시나?"

통화를 마친 노인이 들어섰다.

"저, 저 책하고 그림들……."

길모는 책상을 가리켰다. 하지만 믿기지 않게도 그곳은 텅 비어 있었다. 어디로 간 걸까? 방금 전까지만 해도 손에 만져지던 것들이…….

"울라? 여기 있던 것들 어디 갔지? 자네가 치웠나?"

"저도 방금 봤는데……."

"방금?"

"네."

"에이, 자네가 치웠구만? 젊은 사람이 농담은……."

"네?"

"됐네. 관상책하고 얼굴 그림들은 나도 떨떠름하던 거고……."

"그럼 그림 때문에 놀랄지도 모른다고 한 거였나요?"

"아니!"

"……?"

"바로 이것 때문이야."

노인이 창가 구석에 놓인 박스들을 끌어냈다.

"열어보게."

"내가요?"

"다 버릴 거야. 그러니 죄다 열어보고 필요하면 가져가라니까. 물론, 이건 좀 아닌 것 같네만……."

노인이 쯥 입맛을 다셨다. 뭔가 마음에 들지 않는 물건이 틀림없었다.

'대체 뭐가 들었길래…….'

가만히 박스를 연 길모의 손이 굳어버렸다. 박스 안에 든 건 여자의 속옷이었다. 그것도 한두 벌이 아닌…….

"……!"

"큼큼!"

노인은 계면쩍은 듯 헛기침을 해댔다.

"이게 뭐죠?"

"오해하지 말고 듣게. 뭐 내가 알기로는 자네 형이 그 머시기… 호모가 아닌가…….."

노인은 길모의 눈치를 보며 띄엄띄엄 말을 이었다.

'호모?'

눈치를 보는 게 당연하다. 커밍아웃에 대한 시선이 많이 누그러졌다지만 처음 보는 마당에 그런 말을 아무렇지도 않게 할 수 있을까?

"그게 아니면… 총각이니까 외로움을 잊는 독특한 취미…….."

자위!

그 단어가 떠오르자 길모는 거기에 걸맞는 친구 단어를 생각하고 말았다.

'변태?'

속이 살짝 뒤틀렸지만 참아버리는 길모.

"하긴, 그 친구가 취미는 많았다네. 마누라하고 내 관상도 잘 봐줬거든."

"점쟁이였습니까?"

길모가 바로 되물었다. 그건 아주 궁금한 일이었다.

"알고 보니 점쟁이 이상이었지. 나 말고 저 앞 권 영감하고 최 영감 관상도 귀신 같이 맞췄거든. 그 뭐야? 자기 말로는 중국에 가서 배워왔다던데 아무튼 용했어."

"중국이라고요?"

"그거 배우느라고 머리에 병이 생겼다던데 자세한 건 나도 모르네."

"다른 특기는 없었나요? 열쇠 따기라든가?"

"그것도 알아?"

노인이 신기한 듯 길모를 빤히 바라보았다. 그러더니 맨 구석에 놓인 오동나무 상자를 가리켰다. 마치 키 낮은 쌀통처럼 생긴 낡은 뒤주였다. 길모가 끌어내려 했지만 꼼짝도 하지 않았다. 생각보다 무척 무거웠다.

"힘 좀 쓰시게. 그게 대개 쇠라서……."

'쇠?'

뚜껑을 열자 수도 없는 자물통이 보였다. 녹이 덕지덕지 붙은 구식 자물통에서부터 최신 디지털 현관키까지 없는 게 없을 정도였다.

"자물쇠잖아요?"

"그 친구, 관상 박사이자 열쇠 박사였어. 덕분에 열쇠 잃어버린 자물통 여는 도움도 몇 번 받았네만."

"끙!"

길모는 통을 엎으려고 용을 썼다. 하지만 한끝이 부족했다. 제자리에 내려둔다는 게 발이 끼고 말았다. 눈물이 찔끔 나왔지만 꾹 참았다.

'아, 씨…….'

발끈한 길모가 다시 힘을 썼다. 이번에는 성공. 뒤주를 보기

좋게 엎어버렸다.

안에서 다양다종한 자물통이 나왔다. 드라마에서 보던 조선 시대 것에서부터 남산의 데이트족들이 애호하는 칼라 자물통, 심지어는 모형 금고들까지.

'각종 열쇠와 금고……'

복잡한 것까지 많기도 했다. 그걸 내려놓고 가장 똘망한 자물통 하나를 집어 들었을 때, 밖에 리어카 멈추는 소리가 들렸다.

끼익!

"어이쿠, 오 영감이 온 모양이군. 나 좀 나가봄세."

노인이 문을 열고 나갔다. 길모는 자물통들을 헤집어 보았다. 이것들은 대체 뭣하러 모은 걸까?

혹시 빈집 털려고?

그러기엔 모형 금고들이 눈에 거슬렸다.

아니면 은행이라도 털려고?

금고를 털려면 청진기도 필요하다. 그건 영화에서도 많이 본 장면. 길모는 남은 박스와 서랍들을 하나하나 열었다.

'웃!'

청진기가 나왔다. 그것 또한 각양각색이었다.

'이 새끼, 진짜 은행이라도 털려고 한 거야?'

싸한 한기가 등골을 훑을 때 노인이 영감 둘을 데리고 들어섰다.

"신경 끄고 하던 일 계속하시게. 버릴 거 골라주면 이 양반들이 득달같이 치워줄 거야."

"아, 네……."

길모는 건성으로나마 영감들에게 묵례를 했다.

"어이구, 진짜 똑같네."

"그러게. 말 안 하면 감쪽같겠어. 난 귀신이 왔나 하고 가슴이 철렁했다니까."

영감들이 길모를 보며 수군거리기 시작했다.

"필요한 건 다 골랐나?"

노인이 물었다.

"아, 예… 이것들부터 일단 내가세요."

옷 박스를 미는 길모. 아까 찔끔거린 눈물 흔적을 닦아낼 때 노인의 목소리가 끼어들었다.

"형 생각에 울었나 보네?"

"아, 아닙니다."

"아니긴… 자네 형도 그렇게 인정이 많았어. 누가 형제 아니랄까 봐……."

"……."

"그나저나 이 자물통도 다 버릴 건가?"

"아, 네… 가져가세요."

"어이쿠, 이건 대포값 좀 되겠네. 구리하고 신주가 많잖아?"

노인이 돌아보자 영감들은 기다렸다는 듯이 자물통을 쓸어 담았다. 길모는 다시 서랍을 뒤졌다. 서랍 안에는 잡동사니가 많았다.

법정상속인이라는 인간이 먼저 뒤진 탓인지 물건들은 멋대로 엉클어져 있었다. 이런저런 자료들을 헤집을 때 CD와 책 몇 권이 나왔다. 고전 『홍길동전』, 『임꺽정』, 『장길산』 등이었다.

'홍길동, 임꺽정, 장길산?'

홍길동은 알고 있다. 길모의 이름과 비슷한 까닭이었다. 임꺽정도 들어보았다. 하지만 장길산은 좀 긴가민가 싶었다. 거기까지가 길모의 상식선이었다.

그 사이에 영감들은 정리를 끝내 버렸다. 용돈이 생기는 일이니 쉬지도 않은 모양이었다.

"챙긴 게 그것뿐인가?"

영감들을 도와준 노인이 이마의 땀을 쓸며 물었다. 길모의 손에는 CD 한 장뿐이었다.

"아, 예……."

"아무튼 안됐네. 진작 형을 만났으면 좋았을 것을……."

"……"

"더 물을 건 없고?"

"이 사람… 아니, 우리 형… 직업은 없었나요?"

"아마 그렇지?"

노인이 미간을 좁히며 말꼬리를 붙였다.

"진짜인지는 모르지만 가끔 계룡산에 도 닦으러 가기도 했고……."

'계룡산?

"아, 뭐 그런 말도 종종 했었네. 나중에 돈 많이 벌면 가난하고 억울한 사람들을 돕고 싶다고."

"돈 벌면요?"

"그런데 외국엔 왜 간 거죠? 원래 자주 가나요?"

갑자기 그게 궁금해졌다. 직업도 없는 인간이 해외여행을 가는 건 쉬운 일이 아니다. 게다가 파타야라면 딱히 사업차 간 것도 아닌 것 같아서였다.

"아, 그건 내가 잘 알지."

말꼬리를 잡고 들어온 건 노인이 아니라 머리가 벗겨진 영감이었다.

"그 친구가 내 관상을 다시 봐주기로 했거든. 그래서 찾아왔더니 마침 해외여행을 간다고 다녀와서 보자는 거야. 그래서 내가 웬 해외여행이냐고 했더니 해외를 가야 자기 꿈을 이룰 것 같다나 뭐라나?"

'해외를 가야 꿈을 이룬다고?

순간, 파타야에서 처음 만났던 호영이 떠올랐다.

"당신이었군요. 기다리고 있었습니다."

그때 그는 분명히 그렇게 말했었다. 말뿐만 아니라 행동도 그랬었다.

'그럼 나를 만나려고 태국에 왔던 거였어?

다시 한 번 온몸이 오싹해지는 길모.

"흐미, 그럼 그 꿈이 결국 하늘로 가는 거였나?"

옆에 있던 키 작은 영감이 혀를 차는 덕분에 길모는 제정신으로 돌아왔다.

"그러게. 결국 그렇게 된 거네? 그러니까 사람은 안 하던 짓 하면 죽는 거여. 지하 셋방에 사는 주제에 뭔 해외여행이야?"

대머리 영감은 절래절래 고개를 저었다.

"혹시 사귀는 여자는?"

길모가 다시 물었다.

"없는 눈치던데?"

"맞아. 이 친구는 병이라도 걸린 것처럼 조신하고 얌전했잖아?"

'하긴 하는 꼴을 봐서는 사귀었어도 여자가 아니라 남자일지도. 웩.'

집구석을 종합한 추론이 떠오르자 갑자기 창자가 뒤집히는 것 같았다. 뭐, 딱히 길모가 동성애자들을 혐오하는 건 아니다. 저희들끼리 어쩌건 그건 상관없다. 다만 윤호영이 그런 취향이라는 건 마음에 들지 않았다.

"아, 아까 관상 말입니다. 뭐가 궁금하신데요?"

밖으로 나온 길모가 대머리 영감을 돌아보았다.

"자, 자네도 관상 볼 줄 아는가?"

영감이 반색을 하며 물었다.

"말씀이나 해보세요."

"그게 말이지… 우리 마누라가 다 늙어서 이혼을 하자고 난리인데 어떻게 해야 좋을지 몰라서 말이야. 생각 같아서는 더러워서 꽉 헤어지고 싶네만!"

"헤어지세요!"

"응?"

"어르신은 이혼상이십니다. 어차피 할 이혼이면 빨리 하는 게 속 편하잖아요."

길모는 그 말을 남기고 돌아섰다. 물론, 제멋대로 지어낸 말은 아니었다. 대머리 영감의 턱 양쪽에서 내려온 검은 선 때문이었다. 그걸 보자 이혼이라는 느낌이 들어온 것이다.

"후우~! 하긴 그렇지?"

대머리 영감의 한숨 소리를 들으며 길모는 버스에 올랐다. 늙은 한숨이 오래오래 길모를 따라오고 있었다.

끼익!

버스가 섰다. 여학생이 내리자 버스가 출발을 했다. 그러자 낯익은 풍경이 길모 눈을 스쳐 갔다.

"어, 스톱, 스토옵!"

놀란 길모가 소리치자 버스가 멈췄다.

"미안합니다."

버스에서 내린 길모가 운전사에게 손을 들어주었다. 자칫하면 한 정거장 더 갈 뻔한 것이다. 이 또한 도플갱어 때문이었다.

그날 파타야에서, 그 바다에서 저승사자가 낫을 휘둘렀을 때……

무슨 일이 일어났다.

윤호영이 맞잡은 손과 눈을 차고 들어온 윤호영의 눈깔. 그게 문제였다. 어쩌면 그 잡다한 글자들을 따라 호영의 혼이 길모 안으로 들어온 건지도 몰랐다.

'존나 찝찝하네.'

쓴 입맛을 다실 때 대나무에 깃발을 내건 집이 보였다. 점집이었다. 한때는 문전성시를 이룰 정도로 영험하다고 소문이 난 집. 점 같은 건 한 번도 믿어본 적이 없지만 문을 열고 들어섰다. 혹시라도 귀신이 붙었다면 그것만은 절대 사양이었다.

그런데 이 인간이 보자마자 반말로 쪼기 시작한다.

"발칙하게 어디서 고개를 들어? 눈 못 깔아?"

영문도 모르고 일단 고개를 박고 보는 길모.

"여자 문제구만? 또 튀었어?"

점술가가 방울을 흔들며 씨부렁거리는 틈을 타 길모가 슬쩍 고개를 들었다. 분을 허옇게 바른 중년의 남자. 느끼한 인상이라 보는 것만으로도 오줌에 양주를 섞어 마신 듯이 오바이트가 쏠려왔다.

응? 오줌에 양주를 섞어 마셔본 적이 있냐고?

물론 길모는 몇 차례 해본 경험이었다. 그렇다고 길모가 마신 건 아니다. 어쩌다 진상 손님을 만나면 그렇게 소심한 복수를 했을 뿐이다.

"그게 아닌데요?"

"누구 마음대로 고개 들라고 했어? 깔아!"

"......."

"그럼 취직 문제구만? 그 얼굴에 취직은 언감생심. 운 틀려면 굿 한 번 땡기자고."

"귀신 붙었나 보려고 온 건데?"

"귀신?"

방울을 흔들던 점술가가 길모와 얼굴이 마주쳤다.

'코가 살짝 삐뚤고 입술 위아래가 제대로 맞지 않는 상.'

"주둥이만 오픈하면 노가리 까는 상이시군."

"응?"

"씨발 놈아. 쥐뿔도 아는 것도 없는 주제에 무슨 점쟁이 행세야? 콱 그냥!"

길모가 인상을 긁자 놀란 점쟁이가 방울을 떨어뜨렸다.

"사기도 살살 쳐라. 응? 이 양심에 개털 난 자식아!"

길모가 방석을 집어던졌다. 그러자 밖에서 접수를 보던 여자가 뛰어 들어왔다.

"도사님에게 무슨 짓이에요?"

"도사? 보아하니 가운데가 쑥 올라간 눈썹에 한 남자로 만족 못해 들러붙은 상인데 무슨 도사야? 기둥서방이지?"

길모는 여자를 밀치고 점집을 나와 버렸다. 그러자 뜻밖에도 점쟁이가 맨발로 뛰어나왔다.

"왜? 복채 달라고?"

길모가 눈을 부라리자,

"아, 아닙니다. 혹시 나랑 동업할 생각 없습니까?"

하며 길모의 처분을 기다리는 점쟁이.

"카악!"

어이상실이라 가래침이라도 뱉어줄까 하다가 참았다. 참으로 상대할 가치도 없는 인간이었다.

세상에 믿을 놈 없다.

아니다.

딱 한 사람 있기는 하다. 바로 아버지에게 사회 사업을 설파한 도명재 원장. 비록 길모의 취향은 아니었지만 그 사람만은 믿을 만했다. 하지만 귀찮다. 어쩌다 서울에 오면 꼭 잔소리를 빠뜨리지 않기 때문이다.

"언제까지 이런 생활을 할 거냐?"

도 원장이 물을 때마다 길모는 천불이 났다. 누군들 멋지게 살고 싶지 않을까? 길모도 돈만 있다면 그 청빈한 도 원장에게 몇 억, 몇 십 억이라도 기부해서 돕고 싶었다.

하지만 길모는 돈 쌓아놓고 사는 빌 게이츠가 아니다. 당장 내일을 걱정해야 하는 퇴출 0순위 웨이터였다.

솔직히 고백하면 길모 마음을 당기는 사람은 또 한 사람 플러스되긴 한다.

만복약국 류설화 약사.

민선이나 지영이처럼 화려하지도 않다. 에이스들처럼 볼륨을 자랑하는 섹시 스타일도 아니다. 그렇다고 그 앞에 서면 마음이 편한 것도 아니었다. 명색이 약사라는데 그 앞에 서면 병에 걸린 것처럼 허둥거리고 버벅거리는 길모다.

그런데도 류설화가 내미는 건 뭐든지 믿고 먹었다. 거짓말 좀 보태면 사약을 내린대도 덜컥 마셔 버릴 길모였다.

언감생심.

길모의 솔직한 감정이다. 슬쩍 보면 푸른 샘물에서 막 걸어 나온 듯한 모습. 조용한 미소. 결정적으로 무지무지하게 똑똑한 여자들이 간다는 약대를 졸업한 재원. 길모하고는 완전히 다른 세계의 사람. 그러니 꿈조차 꾸지 않았다.

[형!]

장호는 담 옆에서 오토바이를 닦고 있었다.

"밥 먹었냐?"

[아직, 형은?]

"닦고 올라와라. 내가 컵라면 물 올려놓을게."

장호의 시선이 뒤통수에 꽂혀왔지만 길모는 모른 척 계단을 올랐다.

[그 사람 만났어요?]

후루륵!

[진짜 쌍둥이는 아니죠?]

후르르륵!

[형…….]

"아, 새끼… 라면 좀 먹자. 뭐 그렇게 궁금한 게 많아?"

면발을 넘기던 길모가 버럭 소리쳤다.

[미안해요. 그냥 궁금해서…….]

"어차피 죽은 놈이잖아? 죽은 놈인데 형제면 뭐하고 대통령이면 뭐할래? 헛소리 마감하고 이거나 치워."

길모가 빈 라면 컵을 가리켰다. 장호가 그걸 치우는 사이에 길모 머리에 관상책들이 스쳐 갔다.

"노트북 되냐?"

쓰레기통 앞에서 장호가 돌아보았다.

[되긴 할 텐데요?]

"그럼 켜봐라."

[검색할 거면 폰으로 해도 되잖아요?]

"켜봐."

결국 또 머리를 쥐어박는 길모.

[자꾸 때리니까 머리 나빠지잖아요?]

"시캬, 너는 좀 나빠져도 돼. 말도 못 하는 게 머리는 좋아가지고."

부욱부욱!

전원을 넣자 노트북이 울었다. 벌써 몇 해 전이던가? 나이트클럽 웨이터를 할 때 꼬불쳐 온 것이었다. 그때는 꼬불치는 게 많았다. 특히 핸드폰과 지갑은 짭짤한 돈이 되었다. 기분 내키는 대로 줘버려서 문제였지만.

"이거 뭔지 한 번 열어봐라."

길모가 CD를 내밀었다.

[CD?]

그걸 받아든 장호가 노트북 옆구리를 열고 찔러 넣었다. 그러자 괴상한 화면들이 열렸다.

"뭐야?"

[병원 엑스레이 같은데요? 아니 CT? 아니면 MRI?]

"그래?"

길모가 고개를 디밀었다. 화면에는 머리와 뇌를 찍은 사진이 빼곡했다.

"난 또… 무슨 유언장이라도 된다고?"

[나는 야동인 줄 알았어요.]

"뒈질래?"

[죄송해요. 그런데…….]

"또 뭐?"

[여기에 이런 게 있어요.]

장호가 CD 케이스에 끼어 있는 종이를 내밀었다.

劫惡濟貧(겁악제빈)!

흰 종이에 셀 수도 없이 빼곡히 반복되는 한문들 가운데 진한 네 글자가 보였다.

"무슨 뜻이냐?"

[글쎄요. 겁부제빈은 아는데…….]

"뭔데?"

[부자를 털어서 가난한 사람을 돕다.]

"이게 그런 뜻이냐?"

[여기서는 부유한 부자가 악할 악 자로 바뀌었으니 나쁜 놈을 털어서 가난한 사람을 도우라는 뜻 같아요.]

"미친놈. 나쁜 놈한테 털리지나 말라고 해라. 저리 치워

버려!"

짜증을 발사한 길모는 키보드를 눌러 책 제목을 넣었다.

달마상법.

마의상법.

유장상법.

검색 결과가 길게도 나왔다.

[이건 관상책 중에서도 최고로 쳐주는 고전들이에요.]

"그 정도냐?"

[이거만 다 알면 관상 박사가 되고도 남겠는데요? 형, 진짜 관상 공부하려고요?]

"너 누구 머리에 쓰나미 몰아쳐서 쓰러지는 거 보고 잡냐?"

길모는 또 장호의 머리를 쥐어박았다. 화면에서는 달마상법 이라는 책이 반짝거렸다. 책을 본 김에 홍길동과 임꺽정, 그리고 장길산을 입력했다.

의적!

셋의 공통점이 나왔다. 의적. 말은 폼난다. 하지만 달리 보면 도둑놈 아닌가?

'해외에 가면 꿈을 이룬다고 했네.'

대머리 영감이 한 말이 다시 떠올랐다.

"야, 태국 가서 이룰 수 있는 꿈이 뭐냐?"

길모가 장호에게 물었다.

[글쎄요… 코끼리 타기?]

"뒈질래?"

[아, 있다.]

"뭐냐고?"

[성전환 수술요. 태국은 사회적으로 성전환 수술에 대해 관대하다던데요.]

'성전환이면 거시기 떼어내고 뭐시기 붙이려고?'

갑자기 사타구니가 오싹해진 길모가 야동을 틀었다. 가끔 보는 화면 중에 가장 야한 장면이었다. 사타구니는 착하게 부풀어 올랐다.

'나이쓰!'

길모는 쾌재를 불렀다. 그러니까 윤호영의 호모 귀신이 붙은 건 아니었다. 만약 호모 귀신이 붙었다면 야동 같은 게 땡길 리 없었다.

[형, 그거 소리가 너무 크잖아?]

쓰레기를 버리고 돌아온 장호가 손사래를 쳤다. 야동에서 흘러나오는 교태음이 연기처럼 퍼지고 있었던 것이다.

"야, 너 벗어봐."

길모는 다짜고짜 장호의 팔을 잡아 당겼다.

[예?]

"벗어보라고!"

[형.]

"짜샤, 안 잡아먹어. 확인할 게 있으니까 바지 내려."

길모는 거의 반강제로 바지를 당겼다. 그러자 팬티까지 쭉 내려오면서 장호의 거시기가 적나라하게 드러났다.

"아, 더러워."

바로 인상을 찡그리며 장호를 밀어내는 길모.

[왜 그래요? 진짜······.]

"내가 호모인가 아닌가 실전으로 한 번 확인해 본 거다. 왜?"

[형, 태국에서 성전환 수술했어요?]

"뒈질래?"

길모는 괜한 장호를 쥐어박았다.

노트북 화면 위로 윤호영의 얼굴이 희미하게 겹쳐 왔다. 그는 파타야에서 무슨 꿈을 이루었을까? 다른 건 몰라도 한 가지는 알 것 같았다.

천국으로 갔다.

그건 퍼펙트하게 확실했다.

자리에서 일어선 길모는 흉물스럽게 금이 쩌억 간 거울을 바라보았다. 거울 속에 윤호영은 보이지 않았다. 아니다. 어쩌면 거울 속에 비친 저 모습이 그놈일지도 몰랐다.

아무튼!

한 가지는 명명백백해졌다. 길모에게 전에 없던 능력이 생겼다. 그건 움직일 수 없는 사실이었다.

제4장

보면 보이리라 닿으면 열리리라

철푸덕!

물을 머금은 밀대가 바닥을 닦기 시작했다. 장호는 청소를 할 때도 인상 한 번 찡그리지 않는다. 그럴 때마다 말 못 하는 게 아까웠다. 말문만 트인다면. 길모는 그 생각을 안으로 넘겼다. 가정법 따위는 사치다. 화려한 과거가 초라한 현재의 위로가 될 수는 없었다.

장호가 사무실 쪽으로 다가갔다. 지나간 자리에서 물빛이 반짝거렸다. 어떤 룸싸롱은 바닥에 유리를 깐 곳도 있다. 아가씨가 그 위에 서면 팬티가 빤히 보인다. 하지만 그런 곳은 오래가지 못했다. 대놓고 2차를 받다가 덜미를 잡힌 것이다.

너무 나가면 탈난다.

그건 밤 문화 비즈니스에서도 필수적인 참고 사항이었다. 그러니 풀사롱 같은 건 보통 수완이 아니면 할 수 없었다.

그럼 카날리아는 2차가 없냐고?

그건 영업 비밀이다. 한 가지 말해줄 수 있는 건 부장의 능력에 달렸다는 것이다. 손님의 입장이라면, 그건 실탄에 달려 있었다.

원래 텐프로는 공식적으로 2차가 없다. 하지만 잘 알지 않는가? 세상에는 비공식적인 일이 너무 많다. 궁금한 사람을 위해 예를 들면 이렇다.

1) 손님이 퇴근하는 아가씨를 집까지 배웅해 주기 위해 차에 태우고 간다.

2) 손님이 아가씨에게 식사제의를 한다. 아가씨는 쉬는 날이나 낮에 손님을 만나서 건전하게 식사를 한다. 가끔은 손님이 쇼핑을 해주기도 한다. 그러다 친해져서, 혹은 미안해서 원나잇을 해준다.

이것들은 2차일까? 아닐까?

그런데 돈 많은 인간들은 왜 룸싸롱에서의 2차를 밝히는 걸까? 그건 Safe 때문이다. 일단 나름 쿨하지 않은가. 같이 잤다고 해서 책임질 필요도 없다. 마누라에게 걸려도 바람으로 몰리지 않는다. 게다가 질리면 안 만나면 그만이다. 혹, 너무나 마음에 든다면 배팅도 가능하다. 아파트나 오피스텔을 얻어주고 전용(?)으로 사용할 수도 있는 것이다.

장호가 사무실 문을 덜그덕거릴 때였다. 갑자기 길모의 호기심이 왈딱 일어났다. 사무실 구석에 놓인 단순무식한 옛날 금고 때문이었다.

'금고……'

시나브로 생겨 버린 관상과 따쇠의 능력.

될까?

잘 믿기지 않지만 왠지 한 번 시험해 보고 싶은 마음이 유혹의 온도를 올려 버렸다.

결국, 길모는 사무실 문을 열었다.

고백하거니와 금고 안의 물건이 탐나서는 절대 아니었다. 어쩌면 별게 없을 확률도 높았다. 방 사장은 일일 마감이 끝나면 현금을 챙겨가기 때문이었다.

"야, 누구 오나 망 좀 봐라."

[뭐하려고요?]

"뭐 좀 시험해 보려고."

손깍지를 끼고 우두둑 관절을 꺾자 장호도 솔깃한 표정으로 변했다.

'어디 보자. 이런 걸 열 능력도 생긴 건지……'

연습은 책상 위의 보통 금고로 시작했다. 손을 대자 다이얼의 번호가 차례로 느껴졌다. 그 느낌을 따라 손을 돌리자 바로 열려 버렸다.

'후우!'

심호흡에 침을 꼴딱 넘기고 육중한 금고 앞에 섰다.

방 사장의 금고!

부도난 기업가의 지하에서 외상값으로 주워온 것. 내용물은 다른 채권자들이 가져가고 빈 것을 방 사장이 찜했다. 이유는 무식할 정도로 견고한 게 마음에 들어서!

견고한 강판과 고도의 기술로 제조되었다는 금고. 어느 정도냐 하면 화재나 폭발, 심지어는 산소아세틸린 절단기에도 끄떡없는 대물. 몸체의 외부는 5㎜, 내부라이닝은 10㎜의 강판으로 된 이놈은 네 가지 볼트 장치로 움직이게 되어 있을 정도로 절대보안을 자랑한다. 흠이라면 순위가 늦은 채권자들이 불을 놓아 내외부가 그슬려 뽀대가 안 난다는 점.

뼈가 무너질 듯한 긴장감이 몰려왔다. 초등학교 때 만물상에서 지우개를 몰래 집을 때처럼 가슴도 멋대로 뛰었다.

길모는 천천히 손을 뻗었다.

금고의 싸늘한 체온이 느껴졌다. 1차 방패인 자물쇠 구멍은 가볍게 돌파했다. 이윽고 그가 천천히 다이얼을 움켜쥐자 놀라운 일이 일어났다. 육중한 금고의 다이얼 기어 장치가 훤히 들여다보인 것이다. 다이얼에 손을 대자 기어 매커니즘의 진동이 전해져 왔다.

'크억!'

짜릿한 느낌은 마치 감전이라도 된 것 같았다. 말하자면 금고도 숨을 쉬는 것이다. 생경함에 놀란 길모가 손을 떼자 다이얼도 시치미를 뚝 떼였다.

'환상이었나?'

하는 착각이 들 정도였다.

길모는 다시 금고 다이얼로 손을 가져갔다. 기어 장치는 투명하게 길을 보여주었다. 숨을 멈춘 채 그 길을 따라 천천히 다이얼을 맞춰보았다. 고스란히 손끝에 전달되어 오는 기어의 투항 소리.

'되고 있어.'

다이얼은 막힘없이 좌우로 돌아갔다.

'풀렸어.'

직감으로 잠금이 해제된 걸 느낀 길모가 막 손잡이를 잡고 돌리려 할 때 저벅, 계단을 내려서는 발소리가 들려왔다.

딸랑!

다급해진 장호가 밖에서 작은 방울을 울렸다. 둘이 약속한 비상신호였다.

"이야, 우리 홍 부장이 청소 하나는 에이스급이란 말이지."

방 사장이 사무실에 들어섰을 때 길모는 밀대를 밀고 있었다. 밀대 또한 눈치 빠른 장호가 던져 준 것이었다.

"일찍 오셨네요?"

"어, 검사 놈 좀 만나고 왔는데 이놈이 누가 잡아먹을까 봐 몸을 사리는 바람에 일찍 쫓냈다. 이제 나가봐."

"예!"

문 뒤를 닦으면서 힐금 돌아보는 길모. 금고가 걱정되었지만 별수 없는 일이었다. 복도로 나온 길모는 장호와 함께 사무실 안을 몰래 넘겨보았다. 방 사장은 전화를 두 통이나 건 후에야 금고 문을 열었다.

철컹!

육중한 금고가 쇳소리를 내며 열렸다. 방 사장은 거기서 서류 뭉치를 꺼내 들었다. 표정에는 변화가 없다. 그렇다면 가슴 졸일 일은 없는 거 같았다. 하지만 너무 집중했다. 덕분에 서 부장 팀이 출근하는 걸 눈치채지 못하는 실수를 저지르고 말았다.

"홍 부장, 뭐해?"

'윽!'

서 부장의 목소리를 듣는 순간 길모와 장호의 심장은 얼어붙고 말았다. 도둑이 제 발 저린다더니 틀린 말은 아닌 모양이었다.

"와, 왔어요?"

"왜? 사장님이 또 쪼았어?"

"아, 아니… 그냥 걱정이 되어서……."

"그러니까 그런 거 신경 끄고 매상 올릴 궁리나 해. 정 안 되면 내가 손 뗀 고객 전화번호라도 줄 테니까 한 번 찔러보고."

서 부장은 빈틈이 없다. 반대로 길모는 헐렁헐렁 비어 있다. 그래도 오늘은 서 부장의 말이 하나도 거슬리지 않았다. 금고 건이 무탈하게 넘어갔기 때문이었다.

금고가 열렸다.

그것도 아무나 열지 못하는 금고였다.

특수한 금고라서 그러냐고?

물론 그렇다. 하지만 저 금고는 그냥 특별한 게 아니었다.

어느 정도냐 하면,

작년에 한 번 난리가 났었다. 방 사장이 금고 열쇠를 분실한 것이다. 그때 서울에서 열쇠 좀 딴다는 업자란 업자는 죄다 한 번씩 달려왔다. 그래도 열지 못했다.

금고를 연 건 아이러니하게도 교도소에서 나온 방 사장 후배의 친구였다. 금고만 따다가 특수절도죄로 복역한 그도 네 시간이 넘게 낑낑거리고서야 금고를 열어젖혔다. 그런 금고를 길모가 단숨에 연 것이다.

'미치겠군.'

손을 들여다 본 길모가 아가씨 대기실에 들어섰다. 또 확인하고 싶은 것이 있었다.

"야, 민선아!"

제일 잘나가는 선아를 불렀다. 카날리아의 독보적인 에이스인 그녀.

"왜요?"

"관상 봐줄게."

"홍 부장님이요?"

"그래. 잠깐 이리 와봐."

"아, 나 지금 화장이 떡 먹어서 고쳐야 하는데……."

"야, 룸에 들어가면 아무도 몰라. 대충하고 살아."

"쳇, 손님들 돈 먹기가 그렇게 쉬운 줄 아세요? 룸은 내 무대
라고요."

무대!

그 말에는 길모도 살짝 양심이 찔렸다. 그녀가 왜 에이스인
지 보여주는 한마디였다. 그러니까 민선아는 받은 만큼 최선
을 다하고, 최선을 다하기에 텐프로에서 인기를 유지할 수 있
었다.

"자요. 못 보기만 해봐……."

선아는 화장품을 든 채 길모를 빤히 바라보았다. 어찌나 빤
히 보는지 길모가 쑥스러울 정도. 하지만 뭇 남자를 다 주무르
는 밤의 여신답게 그녀의 표정은 자연스럽기만 했다.

'살이 도톰한 귀에 코와 입술 사이에 핑크색 윤기… 활력이
넘치고 재물이 생길 상…….'

느낌이 왔다. 그녀의 관상은 좋았다. 운마저 에이스인 것이
다.

하지만 길모가 궁금한 건 그게 아니었다.

과거의 운.

미래의 운.

진짜 용한 관상가라면 인생 전체를 알 수 있어야 한다. 그저
얼굴에 나타난 몇 가지 상을 아는 것이라면 눈치 빠른 강 부장
과 다를 바 없는 것이다.

'젠장!'

실망스럽게도 길모가 보는 관상은 한계가 있었다. 과거나

먼 미래까지는 꿰뚫어 볼 수는 없었다.

"뭐해요? 바쁘다니까?"

결과를 기다리던 선아가 재촉을 했다.

"응? 응……."

"5분 드릴게요."

"귀하고 코, 입술이 보배다. 넌 돈 좀 긁겠어."

"어우, 그게 다예요?"

"응."

"됐어요. 그 정도는 나도 안다고요."

선아가 입술을 삐죽거리며 일어섰다.

"뭐, 머잖아 누군가 다치게 할 상이긴 하다만……."

"어우, 지금 무슨 악담해요? 내가 얼마나 부드럽고 약한 여
잔데……."

길모의 말은 오래지 않아 적중해 버렸다. 밖에서 들어오려
던 오 양이 민선아가 연 문에 이마를 깨먹은 것이다.

"어머, 족집게!"

어쩔 줄 모르는 민선아 뒤에서 안지영이 파르르 떨었다. 아
가씨들은 홍 부장을 뜨악한 눈으로 바라보았다. 허접한 퇴출
일보 직전 부장 웨이터 홍길모. 전에는 없던 일이었다.

"승아야, 나 좀 보자."

길모는 그 말을 남기고 대기실을 나왔다.

'본능적 관상.'

1번 룸에 들어선 길모는 소파에 등을 기대고 눈을 감았다. 신통력의 정체였다. 척하면 그 사람의 과거와 미래 등 모든 운명을 좔좔 읊어대는 절대 능력의 수준까지는 아니었다.

그렇다고 해도 결코 나쁘지 않았다. 웨이터에게는 눈치가 필요하다. 눈치가 있어야 손님의 기분을 맞출 수가 있다. 따지고 보면 길모는, 그게 없기 때문에 바닥을 기고 있었다.

나이트클럽에서야 그저 예쁜 죽순이들 몇 명 관리하면서 여기저기 부킹 땡겨 주면 그만이었다. 작업은 저희들이 하는 것이니 웨이터의 임무는 아가씨나 조달하고 매상을 챙기면 그뿐.

그러나 고급 룸은 달랐다. 의욕이나 입담만으로는 아무것도 이루어지지 않았다.

밤의 연주자 웨이터.

룸싸롱의 웨이터들이 자칭 타칭 애용하는 말. 이 연주는 마치 오케스트라와도 같았다.

아가씨, 술, 웨이터, 분위기.

이들 몇 가지가 잘 조화를 이뤄야만 밤의 정글로 불리는 웨이터의 세계에서 살아남는 것이다.

똑똑!

생각이 깊어갈 때 노크 소리가 들렸다. 이어 승아가 들어왔다.

"앉아."

길모가 앞쪽 소파를 가리켰지만 승아는 고개를 저었다. 어쩐지 시름이 가득한 얼굴…….

'또 돈 쓸 일이 생겼군.'

이번에는 경험으로 직감했다.

캄보디아에서 스무 살 꽃다운 나이에 한국으로 시집온 미시(?) 승아.

승아의 두 동생은 중증장애인이다. 한국으로 시집온 것도 돈 때문이었다. 20살 차이 나는 신랑이 자기와 결혼하면 치료비를 대주겠다고 공언했던 모양이었다.

약속은 아주 공갈, 염소똥, 공갈빵이었다. 한국에 오기 무섭게 본색을 드러낸 신랑은 술주정으로도 모자라 폭력을 휘둘렀다. 그녀는 시민단체의 도움을 받아 겨우 이혼을 했다. 코리안 드림을 품고 온 지 고작 1년 반 만이었다. 가냘픈 체구지만 안에 간직한 아픔은 그녀의 나라에 흐르는 톤레샵 호수만큼이나 큰 여자였다.

"동생들 약값 떨어졌냐?"

[네.]

"얼마나 필요한데?"

길모가 물었지만 승아는 대답하지 않았다.

"말해봐."

[800만 원요. 둘째가 당장 수술하지 않으면 위험한데 병원에서 쫓겨날 형편이래요.]

"800만 원……."

길모의 심장 사이로 바람이 휭 불어갔다. 에이스들이라면 한 달 벌이도 되지 않는 돈. 하지만 승아 역시 진상 처리 담당 길모에게 속한 까닭에 2,000만 원이 넘는 가불을 지고 있는 신세웠다.

"사장님한테 가보자."

다른 도리가 없었다.

"안 돼!"

방 사장은 한마디로 잘라 말했다.

"사장님······."

"안 된다고 했잖아?"

한마디 더 뱉은 사장의 눈이 장부로 옮겨갔다. 나가라는 의미였다. 별수 없이 승아를 데리고 나오는 길모. 능력 없는 부장이니 사장을 원망할 수도 없었다.

"이거 가지고 가서 로또나 사와라."

별수 없이 마지막 희망을 복권에 걸었다. 2만 원을 받아든 승아는 발을 떼지 않았다.

"뭐해? 빨리 가지 않고."

길모가 재촉하자 승아는 마지못해 밖으로 나갔다.

"에이, 엿 먹을 세상."

괜히 빈 맥주 상자를 걷어찼다. 하느님이 어쩌고 부처님이 저쩌고 하는 얘기는 늘 구라였다. 카날리아의 손님들만 해도 그렇다. 일부 견실한 기업인이나 업자들도 있지만 상당수는 졸부나 불법으로 선량한 사람의 등을 쳐서 돈을 긁어모은 인간들이었다.

그들은 하룻밤 천만 원 술값도 아끼지 않았다. 어떤 골 빈 졸부 영감탱이는 에이스를 한 달 데리고 사는 조건으로 3억을 배팅하기도 했었다. 구린 거래를 조건으로 수억 현찰이 오가는 걸 본 것도 몇 번인지 모른다.

그렇게 돈이 썩어나는 세상이다. 하지만 그놈의 돈이 '돈맥경화'를 일으킨다. 그것도 꼭 돈이 절실한 사람들만 골라서.

닳고 닳은 길모가 보기에도 승아만큼 착한 아가씨는 별로 없었다. 얼굴도 그렇고 마음씀씀이도 그렇다. 착한 게 인생의 최고 선(善)이라면 신(神)이라는 분이 금덩이 하나 정도는 냉큼 그녀의 브래지어 사이에 떨궈야 하는 거 아닌가 말이다.

"홍 부장!"

혼자 부의 불공평한 분배에 대해 씩씩거릴 때 방 사장이 다가왔다.

"사장님……."

"마승아 말이야."

방 사장 입에서 승아 이름이 나오자 길모의 귀가 솔깃해졌다.

'혹시 가불해 주시려고?'

"유나하고 묶어서 다른 데로 보내야겠어."

"예?"

기대는커녕 절망이 눈앞에 떨어졌다. 방 사장이 의미하는 건 즉빵집으로의 퇴출이었다. 2차 전문 주점으로 넘겨 밀린 가불을 챙기겠다는 것. 그건 지명 손님이 없는 비인기 아가씨들에 대한 처리 수순이었다.

"사장님, 그건……."

"애들은 급한 대로 돌려서 넣어. 어차피 홍 부장 손님은 별로 없잖아."

"……."

"주말에 양 마담이 인수하러 올 거야. 그렇게 알아."

방 사장은 대화를 마무리하고 길모를 지나갔다.

'주말…….'

고작 나흘 뒤였다. 머릿속에 뿌연 안개가 밀려들기 시작했다. 거스를 수 없는 대세. 한 달 동안 지명 하나 없는 아가씨들. 그저 손님이 넘칠 때 곁다리로 불려가거나 고전적인 초이스를 원하는 손님 앞에 머릿수 채우기에 불과한 존재였으니 달리 변명의 여지도 없었다.

*   *   *

운명!

그놈은 잔인한 본성을 지니고 있다.

잘 안 나가는 사람에게는 더욱 더 가혹하다. 아무리 결심을 해도 소용이 없다. 도대체 손님이 와야 뭘 할 것 아닌가? 게다가 텐프로. 싸구려 단란주점처럼 길거리에서 호갱님을 모셔올 수도 없었다.

벌컥벌컥!

길모는 서 부장의 테이블에서 먹다 남은 양주를 들고 병나

발을 불었다. 속이 뜨끈해지니 감정이 좀 누그러졌다.

"야, 홍 부장!"

자정이 지날 무렵 서 부장이 길모를 불렀다.

"예, 형님!"

"갑자기 예약이 넘쳐서 그러는데 한 테이블 맡아볼래?"

"정리할 손님은 아니고요?"

길모가 물었다. 잘나가는 웨이터들은 손님을 두 부류로 구분한다. 투자를 해서 장차 단골로 삼을 사람과 상황 변동이나 신분의 변화로 더 이상 오는 게 부담스러운 사람.

후자의 경우가 바로 길모가 담당하는 진상 처리에 속한다. 예를 들어 단골의 주머니 사정에 변화가 생기거나 지위나 신분의 추락으로 사인(외상)이 반복될 때 이런 조치를 취한다.

"돈 없으면 이제 그만 오쇼!"

그 악역을 길모가 맡고 있었다.

"그건 아니고 가끔 양주 한두 병 마시고 가는 분인데 굳이 오늘 한잔할 친구가 있으시다네. 내가 인사는 올릴 테니까 궁합 맞으면 홍 부장 단골 삼아도 돼."

"고맙습니다, 형님!"

길모는 허리가 부러져라 인사를 올렸다. 최근 들어 처음으로 받는 정식 테이블인 셈이었다.

"안녕하세요?"

"안녕하십니까?"

"어서 오십시오."

길모는 빈 룸에서 인사 연습까지 했다. 카날리아로 온 후로 처음이었다. 그만큼 길모는 절실했다. 이제 찬밥 더운밥 가릴 때가 아니었다.

'그전의 홍길모는 파타야에서 죽었다.'

후끈!

길모는 거울을 보며 전의를 불태웠다.

일단 시작은 좋았다. 서 부장이 인사를 하고 나가자 길모가 장호와 함께 허리를 조아렸다.

"이야, 인상 보니 사장님은 정이 많고 대인 관계의 달인이시군요. 앞으로 많은 지도 편달 부탁드립니다."

해석하면 간단하다. 자주 와서 매상 좀 올려주세요.

"이 친구, 뭘 좀 아네?"

"입술에 매력적인 복선이 있잖습니까? 사장님은 복 받으실 겁니다."

"자네 관상 좀 보나? 제법 맞추는데?"

뒤를 이은 멘트가 바로 손님의 호감을 얻어냈다. 놀라운 적중률이었다.

"뭐, 그냥 주워들은 풍월입니다."

"그럼 이 친구는 어떤가? 한 번 봐주게나."

손님이 친구를 가리켰다.

"이 사장님은 야망이 강하시군요. 반면 주머니는 여간해서 잘 열지 않으실 것 같습니다."

입술이 얇은 사람. 길모는 느낌을 조금 미화시켜서 말했다.

"와하핫, 이 친구 미아리에 돗자리 펴도 되겠네? 딱이잖아?"

"이 사람아, 야망은 맞지만 나도 쓸 때는 쓴다네."

"그럼 오늘 밤 자네가 쏘려나?"

"까짓것 못 할 거 뭐 있나? 여기 발렌타인 30년산 두 병 가져와."

자존심이 긁힌 친구 덕분에 매상도 산뜻하게 출발했다. 과거 룸싸롱이 호황일 때는 텐프로에서 발렌 30년은 기본이었다. 하지만 지금은 상황이 달라졌다. 깊은 불황에 따라 발렌 17년을 시켜도 눈치를 주지 않았다.

아가씨 문제도 일사천리로 매듭 되었다. 손님들이 블라인드 초이스 대신 추천을 원한 것이다. 길모는 눈 딱 감고 승아와 유나를 밀어 넣었다.

"어이쿠, 이 아가씨는 이국적이군. 딱 내 스타일인데?"

친구는 승아를 보더니 반색을 했다.

"착한 아가씨인데 대신 말을 못합니다."

길모가 손님들의 눈치를 살폈다.

"괜찮아. 오히려 편하고 좋지, 뭐. 괜히 대화에 끼어드는 아가씨도 비호감이거든."

친구는 문제가 없다는 표정이다. 그야말로 궁합이 착착 맞아드는 밤이었다. 길모는 간간히 불려 들어가 관상에 대한 이야기로 분위기를 맞춰주었다. 동시에 술병도 자꾸 비워 나갔다.

2,580,000원.

쪽!

매상표를 확인한 길모는 종이에 대고 키스를 날렸다. 얼마 만에 돌파한 200만 원 고지인가? 3대 천황들에게는 기본 매상에 불과하지만 길모는 감격스럽기까지 했다.

관상.

'이거 장사 좀 되는데?'

길모는 슬슬 고무되기 시작했다. 그 어떤 립서비스를 날려도 반응하지 않던 손님들. 그런데 관상을 말해주니 자연스럽게 호응을 하는 것이다.

'이 참에 관상 보는 웨이터로 콘셉트를 잡아?'

복도에 기대 상상의 나래를 펼 때 서 부장의 봉황들이 날아들었다.

이 실장과 김 실장.

50대 초반으로 대형 광고회사 상무이사급 실세들. 한 번 계약에 수십억을 다루는 이들은 서 부장의 금고나 다름없는 큰손들이었다.

"이쪽으로 오시죠."

발소리는 바로 룸 쪽으로 다가왔다. 초이스도 예약이 되었다는 의미였다. 하긴 저 둘의 파트너는 길모도 알고 있다. 카날리아의 넘버 원과 넘버 투가 출동될 것이다.

그런데!

두 손님에게 꾸벅 인사를 하던 길모. 누가 심장을 압박이라도 하듯 불편함이 느껴졌다. 동시에 그 뇌리에 아뜩한 절망이 스쳐 갔다.

"······?"

놀란 길모가 파뜩 고개를 들었다. 길모의 시선이 두 실장에게 꽂혀갔다.

아뿔싸!

길모는 입 밖으로 새어 나오는 말을 손으로 틀어막았다.

'급사할 상.'

이 실장 쪽이었다. 그 얼굴에 죽음의 액운이 잔뜩 드리웠지 않은가? 어떻게 할까? 말을 해줘야 하나? 길모는 고민했다.

하지만!

"저기······."

결국 입을 열고 말았다. 즐겁게 한 잔 때리러 온 손님에게 말하기 차마 난감한 일. 그러나 이 중차대한 걸 그냥 넘길 수도 없었다.

"우리 말인가?"

이 실장이 돌아보았다. 매끈한 얼굴에 기름기가 자르르 흐르는 엘리트 스타일. 겉보기에는 그저 밤 문화로 스트레스를 날리려 온 손님에 다름 아니었다.

"왜 그래? 실장님들 바쁘신데?"

안내하던 서 부장이 턱짓을 했다. 괜히 나서지 말고 비키라는 의미였다.

"죄송하지만 이 실장님은 오늘 술 안 드시는 게······."

"뭐라고?"

"술 안 드시는 게 좋겠습니다."

길모는 한 번 더 강조했다.

"이 사람이 무슨 헛소리야? 자그마치 80억짜리 대형광고 건 체결되어서 회포 풀려고 오신 건데."

서 부장의 목소리가 까칠하게 변했다.

"아무튼 오늘은 그냥 가시죠. 자칫하면⋯⋯."

길모가 말을 더듬자 이 실장이 우묵한 눈빛으로 돌아보았다.

돼지든 말든 참견하지 말까 싶었지만 길모는 결국 입에 걸린 말을 내뱉고 말았다.

"주사(酒死)할 상입니다."

"⋯⋯?"

"김 실장님도 마찬가지입니다. 죽을 상까지는 아니지만 누워서 의사를 만날 상⋯⋯."

쫙!

허공이 찢어지는 소리가 들렸다. 참다못한 서 부장이 길모의 따귀를 날린 것이다.

"듣자니 너무 심하잖아? 저리 비켜."

서 부장이 길모의 가슴팍을 밀었다. 그런 다음 두 실장을 모시고 7번 룸으로 들어갔다.

"형님!"

길모가 손을 뻗었지만 서 부장 귀에는 들리지 않았다. 매정하게도 문이 닫혔다. 뒤를 이어 민선아와 안지영이 들어갔다.

에이스들의 뒤태는 오늘도 매혹적이었다.

[왜 그러는데요?]

소란을 듣고 온 장호가 수화를 날려 왔다.

"몰라도 돼. 자식아!"

[형······.]

"아, 젠장. 분명 술 마시면 초상날 상인데······."

[무슨 소리예요? 저분들 주량은 카날리아 공인인데··· 주량 불문, 색깔불문, 도수불문, 상대불문, 시간불문······.]

"그래. 너 잘났다."

괜한 짜증을 내며 장호를 밀었다. 중심을 잃은 장호를 세워 준 건 서 부장이었다. 평소에는 호인이지만 그는 도끼눈을 뜨고 있었다.

"형님!"

"홍 부장, 미쳤어?"

"죄송합니다. 하지만······."

"때린 건 미안해. 하지만 그런 행동은 언제든 용서할 수 없어."

"······."

"남의 사업에 초를 치려는 것도 아니고 말이야."

서 부장은 싸늘하게 돌아섰다. 화가 단단히 난 모양이었다.

'후우!'

한숨을 몰아쉰 길모는 화장실로 가서 세수를 했다. 찬물이 닿으니 마음이 가라앉았다. 물기를 닦은 길모는 문밖으로 잠시 귀를 기울였다.

7번 룸에서는 아무 소리가 없다. 그렇다면 길모가 틀린 것이다.

'뭐야, 이건 안 맞네?

뭐든지 다 맞는 건 아닌가? 분명 이 실장 머리 위에 파타야에서 본 그 섬뜩한 사자들의 느낌이 질척했는데? 길모는 고개를 갸웃거리며 수건을 잡았다.

그때였다.

"김 실장님!"

민선아의 목소리가 찢어졌다. 불길한 마음에 길모는 화장실 문을 박차고 나와 7번 룸을 열었다.

"119 불러. 119!"

서 부장이 목이 터져라 외쳤다. 김 실장이 목과 가슴을 싸잡고 무너진 것이다. 재빨리 이 실장을 보았다. 이 실장은 무사하다. 대신 쓰레기통을 잡고 캑캑거리고 있었다.

띠뽀띠뽀!

김 실장은 구급차에 실려 갔다. 가게는 단번에 아수라장이 되었다. 다른 방에 있던 손님들도 자리를 털고 가버렸다. 응급환자가 나왔으니 술맛이 날 리 없었다.

[형⋯⋯.]

장호가 다가와 길모의 옆구리를 찔렀다. 길모는 그때까지도 구급차가 사라진 길을 망연자실 바라보고 있었다.

[손님이 찾으셔.]

손님?

눈앞에서 허공을 젖는 수화에 겨우 정신이 돌아왔다.

손님은 이 실장이었다. 그는 7번 방에서 민선아의 도움을 받으며 안정을 취하고 있었다. 길모가 들어서자 마시던 물 잔을 내려놓았다.

"홍 부장……."

"부르셨습니까?"

"고맙네. 자네가 내 목숨을 살렸어."

이 실장은 길모의 손을 덥석 잡았다.

"실장님……."

"양주를 마시려는데 갑자기 사래가 들면서 목이 터억 조여지더래요. 그래서 부장님 말이 생각나 본능적으로 뱉었는데 그냥 마신 김 실장님은 가슴을 쥐어뜯으며 쓰러지고 이 실장님은 무사한 거예요."

옆에 있던 민선아가 설명을 했다.

"술이 불량품이야?"

"그럴 리가 있어요? 두 분 다 요즘 계약 건으로 신경이 곤두서서 건강이 좋은 편이 아니었대요."

"……!"

"자네 말을 들을 것을… 그랬으면 좋았을 것을……."

"저는 다만……."

"아무튼 고맙네. 그나저나 대리기사 좀 불러주겠나? 나도 병원에 가봐야겠어."

이 실장이 민선아를 돌아보았다.

"홍 부장!"

이 실장을 보낸 후에 서 부장이 다가왔다. 옆에는 방 사장도
서 있었다.

"형님, 죄송합니다."

"아니야. 병원에서 연락이 왔는데 김 실장님도 응급처지가
잘되어서 무사하시단다. 다 네 덕분이다."

"……."

"아, 내가 네 말을 들었어야 하는 건데……."

"홍 부장이 관상 보고 예언을 했다고?"

방 사장이 물었다.

"예. 홍 부장, 이 친구 진짜 족집게라니까요. 이 실장님이 술
안 넘겨서 다행이지 마셨으면 오늘 가게에서 시체 나갔을지도
모릅니다."

"홍 부장, 너 신 내렸냐?"

서 부장의 설명을 들은 방 사장의 시선이 길모에게 옮겨왔다.

"신은요… 그냥 직감이……."

"그럼 나도 좀 봐라. 나는 뭐 도로에서 객사할 액운 같은 거
없냐?"

방 사장이 얼굴을 디밀었다.

"없는 거 같은데요?"

"진짜지?"

"예!"

"아무튼 수고했다. 수고했어."

방 사장은 길모의 어깨를 힘차게 두드렸다. 인정받는다는
것. 기분은 나쁘지 않았다.

텅 빈 1번 룸으로 들어온 길모는 대형 거울을 바라보았다.

홍길모.

그 모습이 거울 안에 있었다.

맞췄다.

또 맞췄다.

이제 관상을 보는 능력에 대해서는 의심할 필요가 없었다.

귀신이 붙었든 말든.

이 능력이 도플갱어에게서 옮아왔든 말든.

'이제 이건 내 거야. 그 인간은 죽었으니 물러달라고 하지도
못할 일.'

길모는 거울 속의 모습을 바라보며 터져라 눈알을 부릅떴다.

*   *   *

새벽이 깊어가자 카날리아는 아까의 소동을 잊어버렸다. 손
님들도 다시 룸을 채웠다. 다시 뜨거운 밤이 달아오를 때 서
부장이 길모를 찾았다.

"이번에는 좀 그런 손님인데 맡아볼래?"

어쩐지 난색을 표하는 서 부장. 이런 경우라면 손님이 외상

으로 영수증에 사인을 즐겨하거나 진상일 소지가 높았다.

"내 단골 따라 두어 번 왔던 인간인데 성질도 더럽고 개망나니 과야. 엊그제도 예약 꽉 찼다고 거절했는데 눈치 없이 또 연락이 왔네. 단골 얼굴 때문에 마냥 뺀찌 놓을 수도 없고⋯⋯."

서 부장이 뜻하는 바는 두 가지였다. 받기는 싫지만 그렇다고 무시할 수도 없는 손님. 그러니 길모에게 넘기는 것이다.

맞으면 단골 삼고 안 맞으면 진상 처리 시스템으로 치워 버리라는 것. 웨이터와 손님도 궁합이 있기 때문이었다.

"한 번 해보겠습니다."

"좋은 손님 못 밀어줘서 미안하다."

"형님도, 새삼스럽게⋯⋯."

좋은 손님을 밀어줄 웨이터는 지상에 없다. 누가 매상 팍팍 오르는 돈 덩이 화수분을 남에게 넘겨줄까?

[또 손님 온대요?]

영문을 모르는 장호가 반색을 하며 물었다.

"이번에는 우리 주특기 진상 처리다."

[그래도 노는 것보다는 낫잖아요.]

"그렇지?"

욕이 배를 따고 들어오는 건 아니다. 게다가 찬밥 더운밥 가릴 처지가 아닌 길모네 팀. 길모가 손을 내밀자 장호가 짝 소리가 나도록 하이파이브를 날렸다.

"인사드려. 이쪽은 기광철 사장님. 내가 다른 손님 때문에 못 모시니 예를 다해서 모셔야 하네."

길모를 데리고 1번 룸으로 들어선 서 부장이 말했다.

"잘 부탁드립니다. 홍 부장입니다!"

길모는 허리를 살짝 조아렸다. 진상 손님에게는 대놓고 친절하면 안 되는 것이다.

기광철!

싸가지는 모태에서 상실하고 나온 듯 오만한 모습부터 마음에 들지 않았다. 그가 데리고 들어온 부하 두 명도 마찬가지였다. 관상을 보지 않아도 견실한 인간들은 아니었다.

'큰 콧구멍… 그러나 미간에서 이마 사이에 자르르 흐르는 윤기……'

씨발!

욕이 저절로 나왔다. 하는 짓은 왕싸가지인데 돈이 따를 관상이 아닌가? 기광철의 관상은 완전 돈벼락 자체였다. 낭비를 일삼는 운이지만 윤기가 생생한 걸로 보아 큰돈이 생길 상이기 때문이었다.

'이거 잘하면 매상 좀 올리겠는데?'

싸가지가 있든 말든 상관없었다. 근래에 드물게 연타로 받게 되는 테이블. 이번 테이블까지 매상이 짭짤하게 올라간다면 승아의 즉빵집 행에 대해 사장과 담판을 지을 수 있을지도 몰랐다. 그러자면 일단 승아가 뺀찌 맞지 않도록 하는 게 중요했다.

"사장님, 제가 척 보니 운수가 대통해서 돈이 쏟아질 상인데

그 운을 상승시켜 줄 아가씨를 추천해도 되겠습니까?'

말을 못 하는 승아. 하지만 사고로 성대를 다쳐 잠깐 말문이
막혔다고 둘러대는 건 이제 일도 아니었다.

"돈이 쏟아진다고?"

"예. 머잖아 돈 창고가 확 열릴 것 같습니다."

"이 자식, 뭘 좀 아네?"

기광철이 길모의 머리를 툭툭 쳐댔다. 생각 같아서는 확 뭉
개 버리고 싶지만 길모는 참았다.

"됐어, 짜샤. 난 민선아야."

시작은 좀 까칠했다. 나쁜 손버릇에 주저 없이 튀어나오는
하대. 서 부장이 왜 꺼리는지 알 것 같았다.

"아시다시피 민선아는 지금이 제일 바쁠 때라서……."

살짝 배알이 뒤틀리면서 길모는 넘지 말아야 할 선을 넘었
다. 에이스는 트리플 더블을 뛰는 것도 가능하다. 그러니 무조
건 민선아를 내세워 주문부터 받아야 옳았다.

"애 사이즈는 좋냐?"

기광철이 물었다.

"아담합니다."

"얌마, 난 글래머 스타일이야. 아담사이즈는 저놈이 좋아하
니까 저놈한테나 안겨."

"그, 그래도 될까요?"

꿩대신 닭. 어차피 룸에만 입성하면 되므로 절반은 성공이
었다.

운도 좀 따랐다. 손님이 몰리면서 남은 아가씨도 승아와 유나뿐. 그러니 배짱을 튕길 수도 있는 상황이었다.

"다른 애들은 없냐? 저번에 보니까 끝내주는 걸들이 빵빵하던데?"

기광철이 인상을 찡그렸다.

"죄송합니다. 그래서 원래 사장님 예약을 안 받으려고 했던 건데……."

길모가 허리를 조아리며 대답했다.

"에이, 요즘 텐프로가 왜 이 모양이야? 옛날엔 내가 뜨면 나가요들이 단체로 들어와서 빤쓰를 벗어댔는데……."

'미친 새끼, 지랄을 떨어요. 그렇게 벗어대면 즉빵집이지 텐프로냐?'

"할 수 없지. 애들은 너희가 안아주고 나는 민선아 일단 들어오라고 해."

"그럼 술은 뭘로 준비해 드릴까요?"

"야, 개나 소나 먹는 로열살루트나 발렌 30년 말고 새로운 걸로 가져와 봐."

'새로운 거?'

그렇다면 병당 200~300만 원 수준 이상의 양주나 꼬냑이다. 이런 오더가 떨어지면 웨이터들은 일단 상황을 분석한다. 물론 단골이라면 상관없다. 하지만 처음 대하는 손님이라면 신중해야 한다. 실컷 퍼마시고 배째라 하면 그게 웨이터의 빚이 되기 때문이다.

'돈이 쏟아질 관상…….'

길모는 기광철의 이마를 다시 바라보았다. 첫 느낌은 변하지 않았다.

"죄송합니다만 스페셜한 술들은 미리 예약을 하셔야?"

아쉽지만 받아들이지 않았다. 창고에 초고가 양주가 없는 건 아니지만 그건 3대 천황 정도 되어야 마음대로 꺼낼 수 있는 것들이었다.

"그럼 로얄살루트 38년으로 가져와. 두당 일 병!"

'두당 일 병?'

나쁘지 않았다. 로얄살루트 38년 3병이면 길모에게는 대박에 속했다.

"캄사합니돠!"

길모는 목이 터져라 인사를 하고 나왔다.

"로얄 38?"

카운터로 나온 서 부장이 미간을 찡그리며 물었다.

"예, 보기보다 화끈하던데요?"

"없다고 그래."

길모와 달리 서 부장은 손사래부터 쳤다.

"형님……."

"저 친구, 말이 사장이지 자기 아버지 재산이나 뿌려내려는 인간이야. 보나마나 먹고 사인하자고 달려들 테니까 내 말대로 해."

"형님……."

"정신 차려. 그렇게 손님 파악 못 하니 나아지는 게 없잖아?"

서 부장은 그 말을 남기고 7번 룸으로 들어갔다. 갑자기 맥이 탁 풀려왔다.

[형……]

"네 생각은 어떠냐?"

길모는 옆에 서 있는 장호를 바라보았다.

[내 생각도 서 부장님하고 같아요.]

"독박이다?"

[네……]

"씨발, 그냥 세팅해라."

[형!]

"씨발 놈아, 내가 책임지면 되잖아. 세팅하란 말이야!"

길모는 빼액 목청을 높였다.

어차피 버린 몸. 거기에 빚이 조금 더 는다고 해서 달라질 것도 없었다.

기광철은 달렸다.

잘도 달렸다.

초저녁부터 트리플 더블, 즉 세 테이블을 동시에 뛰는 민선아를 띄웠다 놓았다 하며 많이도 마셨다. 본래 텐프로의 테이블당 시간은 1~2시간이다. 이 시간이 넘으면 웨이터가 아가씨 비용인 차지를 추가로 보장해야 한다.

하지만 길모의 1번 룸은 예외였다. 어차피 진상 처리 전용

인데다 승아나 유나 등은 손님들도 별로 찾지 않기 때문이었다.

덕분에 양주 여섯 병이 나갔다. 그 안에는 명품 헤네시도 한 병 끼어 있었다. 기왕 벌인 판이었기에 길모가 사장에게 뚱고집을 부리는 무리수까지 둔 것이다.

민선아는 물론 승아와 유나도 팁을 짭짤하게 챙겼다. 기광철의 부하들이 5만 원권을 아낌없이 찔러주었다. 좀 거시기한 곳만 골라서 찌른 게 문제였지만 돈은 무죄다.

"길모 테이블이 오늘밤 매상 기록이라고?"

소식을 들은 방 사장이 카운터로 나왔다. 좋아하기보다는 걱정스러운 표정이었다. 그건 보조 웨이터들과 부장들도 마찬가지인 모양이었다.

"서 부장님이 걱정하던데?"

아가씨를 바꿔주고 나온 이 부장도 고개를 갸웃거렸다.

"아따, 형님들은 테이블 천만 원 넘는 매상도 꽉꽉 찍어놓고 왜들 이러십니까?"

길모는 들떠 있었다. 모처럼 사장에게 실력을 보이게 되었으니 왜 아니 그럴까?

"걱정된다. 적당히 기분 맞춰서 마감해라."

방 사장이 길모를 바라보았다. 길모는 어깨가 부러져라 힘을 주고는 룸으로 들어갔다. 이쯤이면 손님들 분위기를 살펴야 할 타임이었다.

"어이, 웨이러!"

길모가 들어서자 기광철이 손가락을 까닥거리며 불렀다. 그렇게 퍼마셨건만 기광철은 아직 인사불성까지는 아니었다. 당신을 술고래로 임명합니다.

"대리 불러드릴까요?"

길모가 선공을 날렸다. 이제 그만 테이블 정리하자는 의미였다.

"아, 짜식… 이제 막 발동 걸리는데 재수없게……."

"준비한 술도 떨어졌고……."

"얌마, 돈이 없지 술이 없어?"

"아가씨들이 다른 테이블 들어가야 할 시간이라……."

"야, 내가 차지 물면 되잖아? 뭐가 문제야?"

입만 열면 개무시하는 발언을 쏟아내지만 길모는 착한 척 웃었다. 손님이 왕은 아니다. 돈이 왕인 것이다.

"할 수 없지. 계산해라."

기광철이 카드를 날렸다. 그걸 들고 나오니 룸 직원의 절반가량이 구경을 나왔다. 개 발에 땀난 길모를 구경하려는 것이다.

"내가 할게."

카운터 오 양이 손을 내미는 걸 길모가 내쳤다. 간만에 카드 긁는 기분을 만끽하고 싶었다.

"아, 진짜 사람 쑥스럽게 카드 긁는 거 처음 보나?"

소매를 걷어 올린 길모는 뿌듯한 마음으로 카드를 긁었다.

삐익!

아쉽게도, 첫 판은 삑사리였다.

"간만에 대박 매상 긁으려니까 단말기도 놀라네?"

다시 한 번 카드를 긁는 길모.

"······?"

승인이 나지 않았다.

"주세요. 내가 할게요."

오 양이 말했지만 고개를 젓는 길모. 다시 한 번 휘파람을 불며 긁어보지만 결과는 같았다.

"이, 이거 왜 이래?"

길모가 당황하자 오 양이 카드를 받았다. 카드는 한도 초과가 아니라, 사용이 정지된 카드였다.

"어휴!"

그럴 줄 알았다는 듯이 서 부장이 이마를 짚었다. 채은서와 안지영을 비롯한 아가씨들도 뜨악한 표정으로 변했다. 그건 바로 '홍 부장님 어떡해' 라는 뜻이었다.

"아마 카드를 잘못 꺼내준 모양입니다."

희망을 남기고 룸으로 들어간 길모.

"안 긁혀?"

기광철은 너무나 태연하게 말했다.

"다른 카드를······."

"그거밖에 없는데?"

"예?"

"안 되면 사인하자고. 저번에 내 친구 보니까 영수증 뒤에 사인하고 다음에 갚던데?"

"손님!"

열 받은 길모는 자신도 모르게 소리쳐 버렸다.

"이 새끼가 어디서 소리지르고 지랄이야? 지랄이?"

기광철의 손이 날아와 길모의 뒤통수를 후려쳤다. 벌써 세 번째 맞는 길모. 확 손모가지를 가로채 뽀작뽀작 분질러 버리고 싶지만 아직은 그럴 때가 아니었다.

"그건 안 됩니다. 빨리 계산하세요."

"얌마, 가진 건 그 카드뿐이야. 아니면 먹은 거 오바이트 해줄까?"

"그럼 경찰 부른다… 요."

"마음대로!"

광철은 작심을 하고 온 듯 똥배짱을 튕겼다.

"아, 진짜……."

이제 너무 흥분해서 콧구멍에서도 불길이 튀어나오는 길모.

"야, 돈 몇 푼에 소심하게……."

"지금 그런 말이 나와? 당신이 처드신 술값이 자그마치 900만 원이라고!"

"그래서?"

"그래서는 뭐가 그래서야? 돈 안 내놓으면 여기서 한 발도 못 나가."

길모는 문을 막아섰다. 진심이었다. 차라리 벼룩의 간을 내먹지 이건 경우가 아니었다. 여차하면 아예 세 놈 다 양주병으로 수박 뭉개 버리고 자수할 판이었다.

"시캬, 돈 900에 쪼잔하긴. 내가 우리 금고만 열면 두 배로 갚을 테니까 긋자고."

퍼펙트 진상이다.

진상의 제1 조건. 계산할 때 트집을 잡는다. 혹은 그 직전부터 징조를 보인다. 본전 생각이 나므로 아가씨들 2차를 요구하거나 술값에 대해 시비를 건다. 이럴 때는 부득 10% 정도 깎아주는 선심(?)을 베풀 수도 있다. 하지만 이 인간은 그럴 사안도 아니었다.

"조까고 있네. 정지된 카드 들고 다니는 주제에 금고는 무슨?"

"이 새끼, 여자 빤쓰를 뒤집어 입었나? 왜 사람 말을 못 믿어!"

"야, 우리 사장님, 진짜 금고만 열리면 다 해결되니까 걱정마라."

넥타이를 풀어헤친 부하 하나가 기광철을 거들고 나섰다.

"씨발, 그럼 지금 가서 열어. 내가 따라갈 테니까."

길모가 핏대를 올렸다.

"아, 이 새끼 말 못 알아듣네. 그 금고가 아무나 여는 게 아니니까 그렇지. 짜샤!"

"그럼 내가 열어줄게. 내가 열어주면 되잖아?"

"웨이터 주제에 네가 무슨 재주로?"

"미안하지만 나 여기 오기 전에 금고 만드는 회사에 다닌 전문가거든. 그러니까 구라까지 말고 빨리 갚아!"

"금고 만드는 회사?"

기광철이 몸을 일으킨 게 바로 그때였다.

"너 진짜 금고 열 자신 있냐?"

"오냐. 돈 든 금고만 가지고 와봐라. 내가 목숨을 걸고라도 열어 재껴 주실 테니까."

길모가 악을 쓰자 기광철의 시선이 부하들에게 향했다. 둘은 기광철을 향해 고개를 끄덕여 보였다.

"좋아. 그럼 같이 가자. 금고만 열어주면 매상의 두 배를 주마."

'두 배?'

"대신 못 열면 구라친 죄로 술값 없다."

기광철이 넥타이를 졸라맸다.

[형…….]

뒤따라 나온 장호가 울상을 지었다.

"죽상 집어치우고 키나 달라 그래, 짜샤."

[진짜 갈 거예요? 나쁜 사람들 같은데…….]

"나는 뭐 좋은 사람이냐? 시캬!"

그 한마디가 장호의 입을 막아버렸다.

제5장

신기(神技)의 손

부룽!

기광철의 세단에 시동이 걸렸다. 운전자는 장호였다. 동승
자는 길모와 기광철. 부하들은 인질(?)로 룸싸롱에 남았다.

방 사장은 길모를 말렸다. 금고니 뭐니 하는 건 무전취식 먹
튀들의 뻔한 핑계일 가능성이 높았다. 아무나 따라나섰다가는
자칫 길모와 장호가 다칠 수도 있는 일이었다.

길모의 생각은 달랐다.

우선은 오기가 있었다. 그런데 그것만으로 따라나선 건 아
니었다. 이유는 바로 기광철의 관상이었다.

'분명 돈이 생길 관상이란 말이지.'

미간과 이마에 싱싱한 윤기가 도는 관상. 그건 돈을 상징하

고 있었다. 그것 하나를 믿고 따라나서는 길이었다.

새벽 4시.

차는 강북의 고급 주택가에 닿았다. 전통적으로 갑부들이 사는 동네였다.

"여긴 거 같은데?"

기광철은 집을 잘 찾지 못했다. 덕분에 벌써 두 바퀴째 같은 길을 돌고 있었다.

"아, 쓰벌. 지금 장난하나? 정신 못 차려?"

조수석의 길모가 버럭 소리를 질렀다. 둘의 관계는 이미 손님과 웨이터의 그것이 아니었다. 이제는 채권자와 채무자처럼 보였다.

"얌마, 너도 밤새 마셔 봐라. 나 정도면 양호한 거야. 웩!"

"쓰발, 고개 좀 돌려. 오바이트 하려면 저쪽에다 대고 하라고."

길모가 소리쳤다. 다행히 오바이트까지 가지는 않았다. 몇 번 배를 잡고 욱욱거리던 기광철이 빨간 벽돌집 담장 앞에서 눈을 게슴츠레 뜨며 말했다.

"저기다."

헐, 자기 집도 잘 못 찾다니. 한숨이 나왔지만, 집은 한마디로 끝내줬다.

수영장까지는 없었지만 정원은 소위 작살 간지였다. 하지만 기광철은 현관에서 또 버벅거렸다. 번호키의 번호를 제대로 맞추지 못하는 것이다. 이 인간, 자기 집이 맞기는 한 건가?

'응?'

겨우 정원에 들어선 길모는 오묘한 느낌을 느꼈다. 손이 웅
웅 제멋대로 울리고 있지 않은가?

'이게 왜 이래?'

낯선 느낌에 놀라 손을 달래보지만 울림은 멈추지 않았다.
마치 누군가 손을 잡아끄는 것만 같았다.

끼이!

"여기다."

기광철이 지하로 통하는 문을 밀었다. 계단을 내려서자 온
갖 골동품과 고서화를 모아둔 게 보였다. 그림을 잘 모르는 길
모지만 굉장한 돈이 될 것 같은 느낌이 왔다.

금고는 구석 벽의 가운데 있었다. 벽의 일부를 차지하고 반
은 붙박이처럼 자리 잡은 금고. 구식의 무식한 디자인에 육중
한 무게감이 위압적이었다. 크기도 무려 구식 대형냉장고만
했으니 척 봐도 특수금고가 분명했다.

"열어라. 열기만 하면 너하고 나하고 팔자 피는 거다."

"뭐?"

"돈 받고 싶으면 열라고, 짜샤."

기광철의 손에는 어느새 양주가 들려 있다. 금고 반대편의
벽장에서 꺼낸 모양이었다. 벽장에는 이런저런 양주들이 잔뜩
놓여 있었다.

[형.]

장호는 겁에 질려 있다. 왜 아닐까? 길모로서도 난생 처음

겪어보는 해괴망측한 술값 계산이었다.

'열어야 해.'

길모는 절박했다. 단순히 돈 900만 원의 문제가 아니었다. 그렇잖아도 퇴출 0순위의 길모네 진상 처리 팀. 그런 차에 매상 부도까지 겹치면 정말 수일 내에 방 사장이 지정한 수술대 위에 올라가 신장을 꺼내야 할지도 몰랐다.

잠금장치는 방 사장의 금고처럼 두 개였다. 하나는 열쇠식이고 또 하나는 다이얼식. 다만 빗장 장치가 조금 달랐다. 길모는 손가락에 깍지를 낀 후에 우두둑 관절을 꺾었다.

삐긋!

"……!"

크헐, 관절이 어긋나면서 소리대신 눈물이 찔끔 배어나왔다. 길모는 손가락을 흔들어 아픔을 털어버렸다.

'될까?'

긴장감 때문에 어깨뼈가 무섭게 떨렸다. 아니, 조각조각 부서져 내리는 것만 같았다. 길모는 겨우 숨을 고르며 금고를 마주 보았다.

떨리는 손은 다 뻗기도 전에 금고에 닿았다. 금고가 당긴 건지, 아니면 보이지 않는 힘이 당긴 건지 분간이 안 갈 정도였다.

그리고!

길모는 팔에 거대한 섬광이 단숨에 들어차는 것을 느꼈다. 그 섬광 안에 또 하나의 길모가 있었다.

바로 도플갱어 윤호영. 그가 파타야의 바다에서 합쳐지는 것 같은 느낌. 그 느낌이 다시 한 번 길모의 손과 몸에 짜릿하게 재현되었다.

'뭐야?'

손이, 저절로 움직였다.

마치 윤호영이 길모의 손을 대신하듯. 그리고 보였다. 다이얼 안이 훤히 들여다보였다. 길모는 놀라 머리를 흔들었다. 한 눈에 보이는 기어의 메커니즘. 투명시계를 들여다보는 그 느낌. 이건 방 사장의 금고를 열 때와는 느낌이 판이하게 달랐다.

길이 열리고,

성문이 트이며,

꽉 막힌 장벽 너머가 쾌속으로 트이는 듯한 장쾌함.

그건 차라리 규정할 수 없는 우주의 장막에 길을 내는 듯한 쾌감이었다.

놀란 길모가 돌아보았다. 윤호영은 없었다. 그가 함께하는 것 같은 느낌, 그가 대리하는 것 같은 마음은 오롯이 느낌일 뿐이었다.

철컹!

오래지 않아 청명한 메아리가 흘러나왔다.

'열렸다.'

길모는 들었다. 금고가 마음을 여는 소리. 그리고 깨달았다. 금고가 자신을 주인으로 인정하는 소리라는 걸.

'아아!'

초대형 사고를 치고도 여전히 믿기지 않는 길모. 길모는 파르르 전율하며 자신의 손을 들어올렸다.

열었다.

열렸다.

기적이 아니라 현실이 되어버린 신묘한 재주…….

[형, 굉장해요.]

뒤에서 지켜보던 장호가 수화를 그려주었다. 그제야 겨우
제정신으로 돌아오는 길모. 그의 온몸은 땀으로 함빡 샤워를
한 후였다.

"열렸냐?"

기광철도 분위기를 보고 금고 개방을 눈치챘다. 그는 길모
를 밀어제치고 빗장을 당겼다.

"씨발 놈!"

성질 급한 기광철은 욕설부터 퍼부었다. 빗장까지 열린 줄
알았던 모양이었다.

"비켜보시지."

어느새 묵직한 장인(匠人)의 표정으로 바뀐 길모가 기광철
을 밀어냈다. 이제 빗장 따위는 일도 아니었다.

그런데!

일이었다.

이건 방 사장의 금고와는 달랐다. 철사로는 뚫리지 않는 것
이다.

'이깟 손잡이 따위가…….'

후끈 달아오르는 길모. 미간에 번데기처럼 잔뜩 주름을 잡

은 채 집중했다.

'보인다.'

집중하자 빗장 구조도 가슴을 내주었다.

상하로 이어진 돌기와 결합된 바깥의 손잡이… 키 박스 관통공을 형성하고 있는 고정판… 잠금부와 기어 삽입공…….

'무지하게 복잡하네.'

기어부와 결합공, 걸림편과 덮개판으로 구성된 내부 구조는 그것만으로도 완벽한 잠금 장치의 하나였다. 그렇다고 해도 별다를 건 없었다. 길모의 손이 한 번 더 우웅 울림소리를 내자 철사가 길을 찾아냈다.

'잇!'

마지막 걸림이 뚫리자 그 또한 청명한 진동을 울리며 잠금을 해제해 주었다. 길모는 땀범벅으로 기광철을 바라보았다. 눈치 하나는 더럽게 빠른 광철이 양주병을 내던지고 빗장을 당겼다.

오, 마이 갓!

비밀의 배를 드러낸 금고를 본 길모와 장호는 놀란 입을 다물지 못했다. 금고 안에는 100달러 뭉치부터 헌 5만 원권 뭉치가 빼곡. 그것으로도 모자라 각종 패물과 보석들이 번쩍번쩍 빛을 발하고 있었다.

"만세!"

5만 원 뭉치 네 개를 던져 준 광철은 기립한 채 만세를 불러 댔다. 그러거나 말거나 길모는 얼른 돈을 챙겨 나왔다. 혹시라도 기광철의 마음이 변하기 전에.

철컥!

기광철의 만세 소리 사이로 금고 닫히는 소리가 귓전을 울렸다.

5만 원 뭉치 네 개!

정확히 2,000만 원!

기광철이 인심을 쓴 것이다. 하긴 길모라도 그랬을 것이다. 금고 안에 쌓인 게 돈인데 그 체면에 5만 원 묶음을 뜯어 40장을 빼낼 것인가?

"이야, 대박!"

카운터를 보는 오 양이 900만 원을 세고는 엄지를 세워보였다. 5만 원권은 문제가 없었다. 가짜 돈도 아니고 금액도 정확했다.

"진짜 네가 금고를 열어준 거냐?"

방 사장이 현금을 챙기며 물었다.

"그게… 가니까 집에 돈이 있던데요."

길모는 대충 둘러대 버렸다.

"아무튼 다행이다. 난 네 외상 장부에 900만 원 더 적을 참이었는데."

"……?"

"애썼다."

"저기… 사장님. 그래서 말인데……."

"나 피곤해서 먼저 간다. 문 잘 닫고 들어가 쉬어라."

방 사장은 어쩔 사이도 없이 계단을 올라갔다.

"아, 진짜……."

사정을 이야기할 기회조차 잡지 못한 길모가 허공을 주먹으로 후려쳤다.

"왜 그래? 대박 난 날……."

옷을 갈아입고 나온 서 부장이 말했다.

"형님……."

"수금했다고?"

"예."

"어쨌든 다행이다. 내가 밀어준 손님이라 찜찜했는데……."

"아무튼 고맙습니다."

"다음부터는 조심해라. 그거 부도났으면 어쩔 뻔했어?"

"……."

"아무튼 오늘은 두루두루 고맙다."

인사를 남긴 서 부장이 팀을 이끌고 문을 열고 나갔다. 이어 오 양도 가고 아가씨들도 하나둘 가게를 나갔다.

짤랑!

우두커니 서 있던 길모는 방울 소리에 고개를 돌렸다. 가게에 남은 건 장호와 승아뿐이었다.

"승아 너는 왜 안 가고?"

[형이 걱정돼서 기다린 거래요.]

"유나는?"

[조금 전에 먼저 갔어요.]

"그럼 나가서 해장국이나 때리고 가자."

[정말요?]

장호와 승아가 동시에 반색을 하며 수화를 날려 왔다.

선지해장국!

국물이 괜찮았다. 밤을 건너온 창자에 따뜻한 국물이 들어가자 긴장이 쪽 풀렸다. 잘나가는 웨이터라면 이깟 해장국 쏘는 건 일도 아니었다. 하지만 길모는 이것조차 마음껏 사지 못했다. 그러니 그 밑에 딸린 장호와 승아는 오죽할까?

사실 텐프로 아가씨라면 돈 걱정은 할 필요 없다. 그녀들은 대개 월 1, 2천만 원 정도의 월급을 받는다. 손님들이 주는 팁도 엄청나다. 다만 승아와 유나는 달랐다. 그녀들은 무늬만 텐프로지 현실은 쩜오에도 미치지 못했다. 애당초 진상 처리를 목적으로 채용했기 때문이었다.

"이거 받아라."

국물을 홀짝 마신 장호가 승아에게 종이 뭉치를 내밀었다.

[뭔데요?]

"나중에 펴봐."

길모는 승아의 가방에 뭉치를 쑤셔 넣어주었다. 승아의 가방은 명품이다. 그렇다고 잘나가는 에이스들처럼 손님에게 선물로 받은 건 아니다. 화려한 말발의 슈킹으로 얻은 건 더욱 아니다. 저 가방은 끈의 잘리는 바람에 민선아가 버린 것이다.

그걸 주워서 끈을 바꿔 사용하고 있는 승아. 그래서 끈과 가방이 아주 따로 놀았다. 말하자면 진짝퉁이라 할까?

"시동 걸어라."

길모가 장호를 바라보았다.

[잘 가.]

눈치 빠른 장호는 승아에게 수화를 날리고 오토바이로 향했다.

부릉!

시동이 걸렸다. 장호가 핸들을 잡자 길모가 그 뒤에 앉았다.

[조심히 가세요.]

뒤따라 나온 승아가 수화를 만들어 보냈다.

"뭐해, 시캬! 빨리 땡기지 않고!"

길모가 뒤통수를 쥐어박자 오토바이가 인도를 박차고 날았다.

"아, 씨발. 그걸로 중고차 한 대 뽑으면 딱이었는데……."

길모가 투덜거리자 장호가 엄지를 세워 보이며 웃었다. 형이 최고. 그 눈은 그렇게 말하고 있었다.

"오토바이나 제대로 몰아, 시키야. 돈 뿌리고 안 멋있는 놈이 어디 있어?"

새벽길을 누빌 때 핸드폰에 문자가 들어왔다.

—오빠, 고마워요. 정말 고마워요.

승아가 보낸 문자가 화면 위에서 새벽별처럼 반짝거렸다.

"미친년. 이 삭막한 세상에 빨리 집에나 들어가지 뭔 문자를 날리고 지랄이야."

길모의 투덜거림 사이로 아침 해가 붉은 빛을 뿌리기 시작
했다.

*   *   *

손!

눈!

한잠 자고 일어난 길모는 거울에 손과 눈을 비춰보았다. 아
무리 뚫어져라 바라봐도 특별한 변화는 없었다. 오늘도 그 능
력은 사라지지 않았다. 던져둔 자물통을 꺼내 옷핀 하나를 찌
르자 맥없이 열린 것이다.

'이 판에 전문 따쇠로 전환해? 아니지. 기왕이면 관상쟁이
로 멍석을 펴면?

상상의 나래를 펴보지만 별로 신통치 않았다. 요즘 파리 날
리는 열쇠 가게가 한둘인가? 관상이나 사주는?

세상의 모든 업종은 둘로 나뉘고 있었다. 아날로그냐, 디지
털이냐.

다는 아니지만 전통적인 아날로그 시장은 하강일로였다. 그
호황이던 룸싸롱이 빌빌거리는 것만 봐도 명백했다.

'관상으로 인생역전 시도해 봐?

길모의 머리가 밝아오기 시작했다. 따지고 보면 길모가 카
날리아에서 자리를 잡지 못한 건 바로 주무기의 부재였다.

눈치 9단, 수완 9단의 강 부장.

골프와 경제 상식이 해박한 서 부장.

두주불사하며 화끈하게 고객을 대하는 이 부장.

이 세 사람은 아직 불황을 모른다. 더구나 서 부장 같은 사람은 대기업 이사가 부럽지 않은 사람. 실제로 대기업 마케팅 부서에서 스카우트 제의까지 받았던 실력파다.

"나는 물장사가 딱이다."

어느 날 해장국을 먹으면서 그가 말했다. 대기업의 제의를 단칼에 거절한 것도 그것이었다. 송충이는 솔잎을. 그의 인생관은 아주 간단했다.

그런데 이제 길모에게도 주무기가 생겼다. 바로 관상이었다. 이건 강 부장의 눈썰미보다도 상위의 스킬이었다. 눈치는 단순히 감각의 문제다. 하지만 길모의 관상은 그보다는 훨씬 높은 신통력에 속했다.

'어제만 봐도 알잖아?'

가만히 이 실장부터 기광철까지 일어난 일을 복기해 보는 길모. 그 모든 것이 바로 관상 덕분이었다. 그 인간의 얼굴에 돈이 보였던 것이다. 결과는 천국이었다. 매상도 매상이지만 사람 목숨을 구했고 눈먼 돈이 생겼다. 나아가 처음으로 승아에게 부장 체면을 차릴 수 있었다.

그러니!

어쩌면 이게 하늘이 준 기회일 것도 같았다.

따쇠야 텐프로에서 별 쓸모가 없다지만 관상 실력을 이용해 단골을 늘리면 방 사장에게 쇼부를 볼 수도 있었다. 매상이 오른다면 방 사장도 굳이 길모 박스를 내칠 필요가 없다.

'문제는 승아 년인데……'

사실 유나도 사정은 비슷했다. 지명 단골을 확보하지 못해 그만두는 그녀를 잡은 것도 길모였다. 그나마 몸매와 가슴이 좀 받쳐 줘서 간간히 부록으로 끼어 들어가지만 제 어머니 치료비 충당하기도 바쁜 유나. 그녀의 마이낑도 어느새 3천에 가까웠던 것이다.

'씨발, 그나저나 시간이 문제네?'

초조한 마음에 여기저기 전화를 때려보는 길모.

"예, 오랜만입니다. 저 홍길모입니다."

인사는 씩씩하지만 바로 비굴모드에 돌입하는 길모.

"죄송하지만 돈 있으시면……."

반응은 한결같았다. 절대 다수가 바로 전화를 끊어버리는 것이다. 부아가 치밀지만 그게 현실이었다. 누가 뭘 보고 거금 수천만 원을 빌려줄 것인가? 길모에게 그런 신용이 있었다면 이런 코너에 몰릴 일도 없었다.

존경하는 도명재를 떠올리다가 바로 접어버리는 길모. 그에게는 차마 입도 벌릴 수 없는 일이었다.

'서 부장 형님……'

그렇게 되니 마지막으로 남은 건 서 부장이었다. 사양길로 접어든 유흥가. 그 와중에도 연수 2억 정도는 올려대는 알짜였으니 혹시 가능할지도 몰랐다.

"야, 그만 일어나."

길모는 장호부터 깨웠다.

[왜요?]

장호가 눈을 비비며 물었다.

"출근하게."

[예? 벌써요?]

장호가 시계를 돌아보았다. 벽시계는 아직 오후 3시 반에 불과했다.

"시키야. 일찍 일어나는 새가 먹이를 잡는 거 몰라?"

괜히 인상을 긁어대는 길모.

[언제는 일찍 일어나는 벌레가 잡아먹힌다면서요?]

"잡썰 그만 까고 라면이나 끓여."

[알았어요.]

그래도 장호는 불평 하나 없다. 사실 장호는 라이더로 나가도 월 250은 문제없는 놈이다. 왜냐고? 잊어버리셨구나. 최장호는 오토바이의 귀신이다. 심지어는 벽을 타고도 달린다.

짱깨 배달이나 족발, 치킨 등을 배달할 때는 사장들이 알아서 모실 정도였다.

그걸 생각하면 괜히 미안해지는 길모였다. 물론, 길모가 강제로 데리고 있는 건 아니지만 굳이 떠나지 않겠다니 사서 고생하는 느낌 때문이었다.

"더 처먹어."

장호가 컵라면을 먼저 비우자 자기 것을 덜어주는 길모.

[에이, 그럼 처음부터 주지 더럽게…….]

"얌마, 원래 더러운 걸 먹어야 잔병에 안 걸리는 거야."

길모는 잘못을 하고도 뻔뻔스럽다.

[아무튼 땡큐.]

붙임성 좋은 장호는 언제 투덜거렸냐는 듯 라면을 말아 넣었다.

가게로 나온 길모는 오랜만에 약국에 들렀다.

"드링크 주세요."

길모가 말하자 심부름하는 중국 동포 아줌마가 한 박스를 가져왔다. 슬쩍 고개를 들어보니 류설화는 선반 쪽에서 약을 분류하느라 바쁘다. 그러다 그녀가 고개를 돌리면서 눈이 마주쳐 버렸다. 길모는 음료 박스를 떨어뜨리고 말았다.

'에이, 씨…….'

쪽팔린 마음에 그냥 나와 버리는 길모.

[형, 음료수는?]

"내가 다 마셨다. 왜?"

괜히 짜증만 작렬시키는 길모. 그때 약국 문이 열리며 류설화가 나왔다.

"홍 부장님, 이거 가져가셔야죠."

그녀가 흔든 건 음료수였다.

"그냥 두셔도 되는데……."

고개를 푹 숙인 채 봉지를 받아드는 길모. 류설화는 그 틈에 약국으로 들어가 버렸다.

'모르나?'

길모가 입술을 삐죽거렸다. 하긴, 비록 한 건물 사이지만 완전 다른 세계에 사는 류설화였다. 그러니 길모가 스스로 말하지 않는 한 파타야 사고는 모를 수도 있었다. 더구나 그 사고를 당한 사람이 바로 옆 건물 텐프로의 길모라는 건.

음료수 세 병을 털어 넣은 길모는 가게 간판에 전기를 넣었다. 간판은 손바닥만 하다. 원래 명품은 브랜드 마크가 작은 법. 그런 다음에 청소도 신 나게 했다. 서 부장의 베이스로 불리는 7번 방은 좀 더 신경을 썼다. 그래도 시간이 남았다.

커피 한 잔을 맛나게 때릴 즈음에 첫 발소리가 내려왔다.

[승아예요.]

수화를 날린 장호가 문을 가리켰다. 승아는 손에 초밥을 들고 있었다.

"웬 거냐?"

한 번에 세 개를 우겨넣은 길모가 물었다.

[오빠하고 장호 먹으라고 사왔어요.]

"미친년, 니가 지금 이런데 돈 쓸 때냐?"

[돈 송금했어요. 동생 수술은 방금 전에 잘 끝났대요.]

"벌써?"

[오빠 덕분에 살았어요. 하루만 늦었어도 위험할 뻔했대요.]

손가락을 움직이면서도 승아의 눈동자에는 눈물이 아른거렸다.

"됐으니까 가서 대기실 청소나 해. 담배 냄새 좀 안 나게 방향제도 왕창 뿌리고."

길모는 일부러 목청을 높였다.

[진짜 고마워요. 나 팔려가면 갚지도 못할 텐데……]

"시끄러워. 네가 왜 팔려가?"

[어제 퇴근 직전에 사장님에게 얘기 들었어요.]

승아가 맥없이 웃었다. 슬픈 미소다. 그녀의 나라에 말없이 가득하다는 톤레샵 호수가 저렇게 슬픈 느낌일까?

"절대 안 팔려가니까 가서 옷이나 갈아입어. 내가 알아서 한다고."

길모가 욱 성질을 부렸다. 사지에서 기묘하게 생환한 길모. 호랑이에게 잡혀가도 정신만 차리면 산다. 궁리하면 길이 있는 것이다.

길모의 호통에 승아는 더 이상 대꾸하지 않고 안쪽으로 들어갔다.

"시캬, 너는 먹을 정신이 있냐?"

[그래도 먹을 건 먹어야지요.]

"이리 내놔. 승아가 나 먹으라고 사왔는데 어디서 꼽사리야."

[아, 그러지 말고 하나만 더 줘요.]

"됐거든."

재빨리 초밥도시락을 확보한 길모는 두어 개를 한 입에 넣은 뒤에 남은 걸 장호에게 던졌다. 간만에 먹어서 그런지 진짜

꿀맛이었다.

어둠이 내리자 유흥가의 별들이 하나하나 떠오르기 시작했다. 전등은 남김없이 켜졌고 아가씨들도 콜을 타고 하나둘 출근을 했다. 그렇다고 일반 택시 콜은 절대 아니다. 에이스들의 콜은 적어도 세단 이상. 혹은 외제 세단인 경우도 있다. 심지어는 펫으로 키우는 남자 애들을 기사로 두기도 한다.

이유야 어쨌든 운전자는 먼저 내려서 문을 열어 줘야 한다. 텐프로 아가씨들은 그런 맛으로 산다. 손님들 비위 맞추며 번 돈, 그들도 누리는 것이다.

"저기, 형님!"

서 부장이 두 번째 테이블을 채웠을 때 길모가 다가가 말을 건넸다.

"죄송하지만 돈 좀 융통 안 될까요?"

"왜? 어디 쓸데 생겼냐?"

"그게… 승아하고 유나……."

"즉빵집 가는 거 막으려고?"

"예. 그래도 제가 명색이 걔들 박스 부장인데……."

"없어!"

서 부장이 단호하게 잘라 말했다. 길모의 골치가 질근 쑤셔 왔다.

"형님……."

"제발 네 앞가림이나 좀 해라. 다음에 팔려갈 건 너잖아?"

"······."

"사장님 농담 안 하는 분이잖아? 왜 그렇게 감을 못 잡아?"

"······."

"그 얘긴 못 들은 걸로 할 테니까 손님 받을 준비나 좀 해."

"손님요?"

"단골손님 따라왔던 질 나쁜 양아치들이 있는데 막무가내로 오겠다는 거야. 그러니 알아서 처리 좀 해줘."

"몇 분이나?"

"셋!"

서 부장이 손가락 세 개를 펴보였다.

손님은 진상 처리반에 걸맞는 인물들이었다.

딴에는 명품 양복을 빼입고 폼을 내지만 옷과 몸이 따로 노는 인간들. 주로 졸부나 불법부패를 일삼는 인간들에게 엿볼수 있는 스타일이었다.

'그래도 돈은 따르는 상이야.'

두 인간의 관상이 그랬다. 갑자기 허무함이 밀려갔다. 성실한 사람들이 돈 잘 벌고 행복하게 산다면 길모는 얼마든지 이해할 수 있었다. 그런데 자기보다 더 양아치 같고 더러운 놈들이 잘사는 건 이해 불가였다.

'악하게 살아야 잘사는 세상.'

오죽하면 그런 생각이 들겠는가?

"야, 여기 제일 잘나가는 아가씨들하고 양주 제일 좋은 걸로 세팅해!"

물주로 보이는 인간이 허세를 떨었다. 척 봐도 싸가지를 안드로메다로 보낸 막장이 분명했다.

　"죄송합니다. 미리 예약하신 게 아니라서 아가씨 초이스는 불가능합니다."

　"아가씨가 없어?"

　"그게 예약이 아니면 그냥 순번대로 들어가는 룰이라……."

　"야, 이 새끼야. 누굴 호갱으로 알아? 저번 웨이터 보니까 사이즈 죽여주는 애들로 데려오던데?"

　"걔들은 손님들이 하도 주물러서 그만뒀습니다."

　길모는 되는 대로 받아쳤다. 어차피 이 테이블의 임무가 그것이었다. 다시는 안 오도록 정이 똑 떨어지게 하는 것.

　"저기 부회장님."

　옆에서 건들거리던 남자가 끼어들었다.

　"왜?"

　"실탄은 넉넉합니까? 메뉴 보니 양주 한 병에 100만 원 가까운데……."

　"야, 내가 누구냐? 금고에서 닥치는 대로 집어왔으니까 신경 꺼."

　"그럼 회장님이 아시면?"

　"이 새끼, 술맛 떨어지게… 얌마, 형님은 그 금고에 얼마가 든지도 몰라. 내일 가서 몇 덩어리씩 꺼내줄 테니 너희도 좀 누려."

　"정, 정말이십니까?"

"자식… 금고 새로 사는 거 보면 몰라? 오만 원권으로 쌓아도 넣을 자리가 모자란다, 모자라!"

물주가 오만 원권 두 다발을 꺼내 흔들었다.

금고!

참 이상한 일이다.

그 단어를 듣자 길모의 심장이 또 벌름거리기 시작했다.

"야? 넌 뭘 듣고 있어? 빨리 가서 술하고 아가씨 들여보내."

"그러죠."

대충 인사를 한 길모가 복도로 나왔다. 하긴 배알이 뒤틀려 더는 있고 싶지도 않았다.

"진짜 엿 같은 세상이라니까. 저 새끼들 보아하니 눈먼 돈 긁어모으는 놈들 같은데 누군 아랫돈이 숨을 못 쉬고 누군 먹고 죽을 돈도 없으니……."

길모는 쟁반을 들고 선 장호를 보며 구시렁거렸다.

[승아하고 유나 불러요?]

"냅둬, 자식아!"

[왜요? 다른 아가씨 불러달래요?]

"걔들은 3일 후면 팔려갈 신세잖아? 그런데 이 와중에 저런 양아치 새끼들한테 시달리게 해야겠어?"

[그렇지만…….]

"내가 다른 아가씨 집어넣을 테니까……."

말을 하면 돌아서는 순간, 길모의 눈에 승아가 들어왔다.

"넌 왜 여기 나와 있어?"

[손님 받아야죠?]

"됐으니까 들어가. 손님이 너 싫대."

[다 들었어요. 대기실에 있으면 더 초라해지니까 유나 데리고 들어갈게요.]

승아는 길모의 대답이 나오기도 전에 대기실로 가버렸다.

"에이, 쌍!"

길모가 벽을 후려쳤다. 딱히 뭐라고 할 수도 없는 일이었다.

진상 처리 임무는 잘 끝났다. 술을 한잔 마신 물주가 2차를 타진해 왔지만 길모가 고개를 저었다. 아가씨가 땡긴 진상들은 본전 생각에 불만을 퍼부으며 룸에서 나갔다.

"수고했다."

길모의 어깨를 토닥여 준 서 부장이 리스트 목록 몇 장을 건네주었다.

"뭐죠?"

"내가 쓰던 예비 목록이다. 큰손은 없지만 쓸 만한 분들 명함 모아둔 거니까 기본 정도 마실 만한 사람은 꽤 될 거야. 생각 있으면 마케팅해 보라고."

예비 리스트.

예비 리스트란 손님이 없을 때 낚시로 낚아야 할 명단을 정리한 것이다. 길모 수준의 웨이터야 이런 게 있을 리 없지만 3대 천황들은 단계별 리스트를 확보하고 있었다.

리스트를 받아든 길모는 1번 룸으로 들어갔다. 1번 룸에는 아직도 담배 냄새가 남아 있었다. 하긴 손님이 없어도 냄새는 났다. 진상 처리 룸이다 보니 손님이 없을 때마다 아가씨들과 보조들이 드나들며 담배를 피워대기 때문이었다.

다른 건 또 있다. 1번 룸과 2번 룸은 원목 룸이다. 이탈리아 대리석으로 꾸민 다른 룸에 비하면 럭셔리한 느낌은 거의 없었다.

"아, 인간 홍길모가 이짓까지 해야 하나?"

싫었지만 길모는 눈 딱 감고 번호를 눌러대기 시작했다.

"오 사장님, 여기 카날리아입니다."

"안녕하세요? 카날리아인데요, 약주 한잔하시고 생각나면 전화 주십시오."

몇 차례 앵무새처럼 지껄일 때였다. 장호가 불쑥 문을 열고 들어섰다.

[형…….]

"왜?"

[그 사람이 왔어요.]

"그 사람 누구?"

[어제 왔던 금고 사장님.]

금고 사장이면 기광철? 그 말을 듣는 순간 길모는 핸드폰을 떨어뜨리고 말았다.

기광철.

그가 왜 왔겠는가? 덤으로 준 900만 원 때문일 것이다. 대개 술김에 인심을 쓰고는 깨어나면 본전 생각이 나는 법. 오죽하면 2차 나갔다가 취해서 못 했다며 다음 날 꽃값 환불해 달라는 진상까지 있는 판이었다.

'어이쿠!'

그렇잖아도 두통이 가시질 않는 길모. 머리가 더 쑤시는 것 같았다.

기광철!

오늘은 혼자였다.

"어이!"

거만하고 싸가지 없는 건 여전했다. 어디서 한잔을 걸쳤는지 입에서 술 냄새가 넘어왔다.

"어쩐 일이십니까?"

일단 시치미를 떼고 물었다.

"룸 있지? 한잔 빨려고."

'이 새끼가 결국 간을 보려는 건가?'

잠깐 잔머리가 또르르 굴러갔지만 딱히 거절할 수도 없었다.

"너 이름이 뭐라고?"

"홍 부장입니다."

"야, 닉네임 말고 이름!"

"여기서는 다들 그렇게 부릅니다. 아시지 않습니까?"

"아, 새끼… 팅기기는. 좀 친해져 보려고 그랬더니 무쟈게 까칠하네?"

'친해져 본다고?'

옆에 서 있던 장호가 길모를 바라보았다. 일단 덤으로 준 돈을 받으러 온 건 아닌 것 같았다.

"술은 뭘 드시겠습니까?"

"니 마음대로!"

"네?"

"너 꼴리는 대로 가져오라고. 아가씨도 너 꼴리는 대로, 콜!"

"사장님!"

"왜 싫냐?"

"……"

"민선아 아니어도 되니까 니 마음대로 해라. 내가 오늘 밤은 팍팍 밀어줄게."

"그럼 명품 코스로 들어갑니다."

"그것도 네 마음대로!"

기광철은 팍팍 인심을 썼다. 길모는 고개를 주억거리며 복도로 나왔다.

―먹고 어제 더 준 돈으로 까라는 거 아닐까요?

장호가 수화를 날리자 길모의 눈자위도 구겨졌다. 일리가 있는 추측이었다.

'그렇게는 안 되지.'

길모는 고개를 저었다. 어제는 어제다. 꼴랑 하루 매상을 올려 체면치레를 하고 다음 날 바로 사인(외상)이 나오면 도로 아미타불이 되는 꼴이기 때문이었다.

길모는 발렌타인 21년산을 테이블에 풀었고 아가씨는 유나를 앉히기로 했다.

"야, 새끼가 쪼잔하게 발렌 21년이 뭐야?"

양주를 본 기광철이 발끈 고개를 들었다.

"그럼 선불내시죠."

"선불?"

가당치도 않다는 표정이다. 텐프로에서 선불이라니? 그렇게 의심스러운 손님이라면 애당초 받지 말아야 했다. 하지만, 길모에게도 이유는 충분했다.

"어제 일 잊었습니까? 사장님이 계산을 그 따위로 하는 바람에 우리 사장님이 옵션을 건 겁니다."

"아, 이것들이 진짜……."

침을 튀기며 인상을 부라리는 기광철. 그렇다고 두 번 당할 길모는 아니었다.

그런데!

기광철이 가방에서 500만 원 뭉치를 꺼내놓았다.

"됐냐?"

분위기는 바로 반전되었다. 텐프로의 황제는 돈이다. 돈이 있는 손님이라면 무엇이든 요구하고 누릴 권리가 있었다. 테이블은 번쩍거리는 고급 양주로 교체되었다.

"잠깐만!"

장호가 양주를 오픈하려 할 때 기광철이 몸을 일으켰다.

"이리 컴온."

손가락을 까닥이며 길모를 가까이 부르는 광철.

"따기 전에 부탁 하나 하자."

광철이 나지막이 입을 열었다. 조금 전과는 달리 비굴한 표정이었다.

"뭘 말입니까?"

"금고 말이야. 한 번만 더 열어줘라. 대신 매상은 팍 올려주고 가마."

"금고는 어제 열었잖습니까?"

"그게 내가 실수로 문을 닫아버렸거든."

"문 열렸을 때 번호 적었을 거 아닙니까?"

"말 많네? 할래, 말래?"

척 보니 장난은 아니었다. 길모는 머리가 쑤셔왔다. 열린 금고를 왜 관리하지 못하고 또 열어달라는 걸까? 게다가 거액의 매상을 담보로 하면서까지.

"제가 일단 아가씨부터 데려온 다음에 얘기 계속하죠."

길모는 장호에게 눈짓을 하고 나왔다. 눈치 빠른 장호도 이내 뒤따라 나왔다.

"야!"

[왜요?]

"저 새끼들 어제 들은 대로 기억해 봐."

[뭘요?]

"시캬, 뭐 하는 인간들인지 들었을 거 아니야?"

[백수 같던데…….]

"백수?"

[그런데 아버지가 돈 좀 있나 봐요. 그 무슨 브로커라고……]

브로커?

"너, 기광철 검색 좀 해봐."

[그건 왜요?]

"빨리 해. 시캬! 예감이 땡겨서 그래."

조급한 마음에 장호를 쥐어박는 길모.

토독토독!

장호의 손가락이 핸드폰 화면을 터치해 나가지만 신통한 결과는 나오지 않았다.

[이 사람, 검색어가 없어요.]

"그래?"

[아, 아버지로 해볼까요?]

"네가 저 인간 아버지 이름을 알아?"

[어제 들었잖아요? 기노겁!]

"기노겁?"

[이름이 독특해서 기억이 나요. 뭐 듣자니 질이 좋은 사람 같지는 않던데……]

기노겁?

이름 한 번 겁나게 스페셜했다. 그런데 이상한 일이 일어났다. 그 이름을 듣자 길모의 오른손이 후웅 울림소리를 내는 게 아닌가?

'젠장, 열 받아서 그러나?'

길모는 손을 흔들어 진정시켰다.

"그럼 빨리 눌러봐."

다시 검색을 하자 주르륵 결과가 딸려 나왔다.

'기노겁, 전과 18범의 악명 높은 브로커?'

검색 정보를 본 길모의 눈이 휘둥그레 커졌다. 기광철의 아버지는 악명 높은 브로커. 그것도 구린 일만 전문으로 중개한 악질적인 인간이었다.

예를 들면 몇 해 전, 지방 도시에서 건물이 무너졌을 때의 일이 대표적이다. 여름이라 장마가 계속되는 통에 구조대가 구조 작업을 하지 못했다. 구조 중에 토사물 같은 것이 2차 위험을 일으킬 우려 때문이었다. 그 사이에 기노겁은 매장된 가족들에게 접근해 수천만 원씩을 우려냈다. 돈을 주면 바로 사설 구조대를 투입하겠다고 하고 착복을 한 것이다.

"이 새끼, 이거 인간쓰레기 아니야?"

그러니 길모도 흥분할 수밖에.

[그런데 작년부터 치매예요.]

'치매?'

[이것 때문에 이 사람을 상대로 걸린 소송도 중지되고 있대요.]

"소송도?"

[자그마치 5억짜리인데요. 사연이 눈물겹네요.]

장호가 뉴스 검색을 확인하고 화면을 내밀었다.

완전 어이 상실이었다. 소송자는 기노겁의 술수에 속아 가업인 기업을 말아먹고 전 재산을 탕진한 사람. 오죽하면 꼴랑 한 대 남은 20년 이상된 고물 액센트에도 차압이 들어올 형편 이란다. 기사의 가운데에 액센트 사진이 보였다. 팔아도 20만 원도 안 줄 똥차.

기사는 기노겁의 악행 비난에 대다수가 할애되고 있었다. 하긴 말해서 무엇 할까? 그는 경각에 달린 명줄들 앞에서도 제 주머니만을 생각하는 인간이었다.

치매!

단어가 길모 머릿속에서 아른거렸다. 골똘하던 길모가 딱 손가락을 튕겼다.

"그거야! 그러니까 어제 그 집은 저 인간의 집이 아니고 아 버지 집이야. 금고도 아버지 것이고."

[아버지요?]

"그래서 저 인간이 집에 들어갈 때도 헤맨 거고 금고도 열 수 없는 거야. 아버지는 치매라 금고 번호를 모르는 거고."

[그럼 금고에 얼마가 들었는지도 기노겁이 아니면 모르겠네 요?]

"그렇지!"

길모는 자기도 모르게 큰 소리를 지르다 입을 막았다.

이제야 그림이 제대로 그려졌다. 기광철의 아버지는 치매에 걸렸다. 기광철은 돈이 필요한데 아버지의 재산은 금고 안에 들어 있다. 금고는 특별한 거라서 웬만한 사람은 열지 못한다. 그러던 차에 길모가 그걸 열었다.

하지만 불행이 찾아왔다. 너무 좋아하다가 그만 금고가 닫혀 버린 것이다. 닫히면 자동으로 잠겨 버리는 단순한 원리. 번호를 적어놓지 못한 기광철에게는 다시 그림의 떡이 된 셈이다.

그림의 떡.

금고는 그림의 떡이다.

기광철은 못 열어서 그림의 떡.

길모는 자기 게 아니라서 그림의 떡.

다른 점은 있었다. 한 사람은 열 재주가 없고 한 사람은 열 재주가 있다는 것. 공통점도 있었다. 둘 다 금고 안에 든 돈이 얼마인지 모른다는 점. 따지고 보면 그걸 아는 사람은 한 명도 없다고 봐야 했다. 주인은 치매에 걸려 금고 번호도 기억하지 못하니까.

"장호야!"

길모가 비장하게 장호를 돌아보았다.

[왜요?]

"그 억울한 사람이 건 소송이 얼마짜리라고?"

[5억요.]

수화를 보면서 길모는 자신의 손을 바라보았다. 어제 느꼈던 짜릿함이 다시 지글거렸다.

"승아 들여보내라. 그리고 술 존나게 권하라고 해."

길모의 목소리는 점점 더 비장해지고 있었다.

"야, 그 웨이터 새끼는 언제 오는 거야?"

깊을 대로 깊어진 새벽, 기광철이 대문 앞에서 중얼거렸다.

―테이블 마감하고 올 거니까 곧 와요.

장호가 문자를 찍어서 보여줄 때였다. 오토바이가 다가와 멈췄다. 거기서 내린 사람은 길모였다. 그런데, 다리를 좀 절고 있었다.

"야, 빨리 빨리 못 다녀?"

기광철이 호통을 쳤다.

"죄송합니다. 손님이 미적거리는 바람에……."

"빨리 들어와."

기광철이 대문을 열며 소리쳤다. 길모와 장호는 그 뒤를 따라 들어갔다.

후웅!

다시 기광철의 금고 앞에 서자 길모의 손에 울림이 전해왔다. 길모는 슬쩍 기광철을 돌아보았다.

"열어라. 오늘은 아예 내가 금고에 들어가 잘 테니까."

기광철의 손에는 와인병이 들려 있다. 어제와 다른 건 소파에 앉지 않고 길모의 뒤에 섰다는 점이다. 그만큼 그에게도 금고의 개방은 절실한 것이었다.

"좀 물러나요. 방해되니까."

길모가 손사래를 쳤다. 너무 가까이 있으니 부담이 되었다.

"에이, 씨… 재기는……."

광철은 비틀 뒷걸음질을 쳤다. 그 사이에 장호는 마른침을 넘겼다.

'어디 보자⋯⋯.'

다시 긴장하며 금고에 집중하는 길모. 다이얼 속의 기어 구조는 어제처럼 제대로 보였다. 후웅후웅 몸살을 앓는 손을 달래며 다이얼이 보여주는 길을 따라 돌렸다.

땅!

딩!

두 번의 청명한 소리와 함께 문 열리는 소리가 들렸다.

"열렸냐?"

고개를 빼고 있던 광철이 다가왔다.

"우워어!"

빗장을 당기더니 바로 감탄 섞인 신음을 지른다. 금고 안은 여전히 돈과 금괴, 보석으로 가득 차 있었다.

"기분이다."

기광철은 5만 원권 세 뭉치를 던져주었다. 그걸 받아든 길모와 장호는 두말없이 지하실을 나섰다. 현관으로 나오자 길모가 찡긋 눈짓을 던졌다. 장호는 대문 옆 구석에 놓인 가방을 두 개를 집어 들었다. 역기봉처럼 무거웠다.

[됐어요?]

겨우 오토바이에 묶고 핸들을 잡은 장호가 물었다.

"잠깐 기다려 봐."

한 시간!

두 시간!

경찰은 오지 않았다.

경비 회사 같은 것도 출동하지 않았다.

길모의 예상이 적중한 것이다.

기광철은 금고 안의 돈이 일부 사라진 걸 모르는 것이다.

"가자!"

그제야 길모는 뼈에 걸어두었던 잔 숨을 마저 밀어냈다.

"땡겨라. 미친 듯!"

길모의 신호가 떨어지자 오토바이는 쾌속으로 날았다. 대한민국 최고의 라이더를 꿈꾸던 장호였다. 그러니 헐렁한 도로를 누비는 건 눈을 감고도 할 수 있는 일이었다.

끼아악!

오토바이는 단숨에 목적지에 닿았다.

[저기 있어요.]

장호가 낡은 엑센트 차량을 보며 말했다. 다행이었다.

딸깍!

간단하게 트렁크를 연 길모는 가방 안에서 작은 뭉치를 빼낸 후에 트렁크에 쑤셔 넣었다.

"판결 완료!"

　일을 끝낸 길모가 장호를 재촉했다. 몇 분 지나지도 않았건만 땀이 질척하게 흘러내렸다. 오토바이는 머지않아 길모네 옥탑 앞에 닿았다.

　[형, 다리 다쳤어요?]

　그제야 길모가 절룩거리는 걸 본 장호.

　"까지 말고 빨리 올라가, 시캬. 나 젖은 거 안 보여?"

　방으로 들어온 길모는 일단 문부터 잠궜다. 그런 다음에 벽에 기대 천천히 무너졌다.

　[형?]

　장호가 작은 가방을 보며 길모 쪽을 바라보았다.

　"열어 봐라."

길모의 떨리는 목소리를 들으며 장호가 뭉치를 열었다. 뭉치는 5만 원이었다. 세어보니 합이 5천이었다.

[5천만 원이에요.]

수화를 날리는 장호도 식은땀에 젖었기는 마찬가지였다.

"휴우!"

그제야 길모가 주저앉았다.

[다리 다친 거 맞죠?]

"그래. 나도 늙었다. 예전 같으면 그런 담 넘는 건 일도 아니었는데."

길모의 손이 다리로 내려갔다. 기광철의 담장은 고작 2미터 정도. 한참 파쿠르를 할 때라면 단숨에 넘고도 남을 일이었다. 하지만 그걸 넘지 못하고 세 번이나 버벅거린 길모. 오죽하면 저만치 세워둔 오토바이를 가져와 밟고 넘을까 싶었을까?

하지만 길모는 오기의 사나이다. 세 번 만에 몸이 풀리며 담장을 가볍게 넘었다. 그러나 그것으로 끝이 아니었다. 불안정한 착지로 인해 발목을 살짝 삔 것이다.

'내가 판결한다!'

결심은 기광철의 룸에서 양주 두 병이 비어 나올 때 하게 되었다.

금고 속의 돈은 어차피 부정한 방법으로 긁어모은 돈. 그러니 그걸 일부 가져다 원래 주인에게 돌려준다고 해서 양심에 걸릴 것도 없었다. 낡은 액센트 차량의 트렁크에 넣어둔 가방이 바로 길모의 판결이었다.

차량 번호는 장호가 인터넷을 뒤져 알아냈다. 그래도 운이 좋았다. 만약 차가 거기 없다면 내일이든 모래든 다시 가야 할 판이었다. 대신 그 수고비 조로 승아와 유나를 구할 돈을 조금 챙겼을 뿐이다.

거사의 결심이 서자 길모는 기광철에 앞서 오토바이로 먼저 출발했다. 그런 다음에 기광철의 집에서 비즈니스를 끝내고 나중에 도착하는 척 유유히 합류했던 것이다.

[형, 최고예요.]

장호가 엄지를 세워주었다.

"시끄러. 시꺄. 남은 간이 덜렁거려 죽겠구만⋯⋯."

또다시 가슴을 쓸어내리는 길모.

[형이 마치 판사 같아요.]

"판사?"

[뭐, 억울한 사람에게 직접 돈을 가져다주었으니 판사보다도 나은 거 같은데요? 요즘 개념 없는 판결 내리는 판사들도 많잖아요.]

"그렇지?"

두고두고 생각해도 가슴이 뿌듯했다. 쑤시던 두통도 말끔하게 가셨다. 금고 속의 돈이야 어차피 눈먼 돈. 그걸 가져다 세 사람을 구했다고 생각하니 심장이 벅차오르는 것이다.

거기에 한 가지 비하인드 스토리가 스쳐 갔다. 금고를 열었을 때 길모는 잠시 유혹에 시달렸다.

금고 안에 든 돈은 수십억 원. 그러니 길모 몫으로 1억 정도 더 챙긴다고 문제가 되지는 않을 것도 같았다. 하지만 길모는 고개를 저었다. 그걸 집어다 애타는 사람을 돕는 건 모르지만 자기 몫을 챙기면 좀도둑이 되는 것이다.

결과적으로 그건 참 잘한 일이었다. 덕분에 마음이 이토록 개운한 모양이었다.

판사?

'괜찮은데?'

길모는 오만 원권을 만지며 웃었다. 한잠 자고 나면 이 돈이 승아와 유나를 구할 것이다. 즉빵집에 팔려가 몸을 팔지 않아도 되는 것이다

잠이 오지 않았다.

잠을 잘 수도 없었다.

이 얼마 만에 느낀 짜릿함이던가? 이 얼마 만에 느낀 삶의 보람이자 쾌감이던가?

찌들고 찌들었던 삶의 연장. 그 나른하고 무미건조, 무희망의 날에 산소 같은 빛이 내린 것만 같았다.

돈 때문이 아니었다. 이유를 알 수 없는 희열이 치밀어 오르는 길모. 눈을 말똥거리다가 결국 벌떡 일어나고 말았다.

주체할 수 없을 정도로 벌떡거리는 심장.

그리고 무한 분출되는 엔돌핀.

이건 말로 설명할 수 있는 카타르시스가 아니었다. 마치 이 일을 위해 존재하는 듯 운명적인 사명감까지 드는 게 아닌가?

그러고 보니 운명이었다.

왜 하필 파타야였을까?

그곳에서 도플갱어 윤호영을 만났다.

하필 같은 관광 코스였다.

하필 여객선 충돌 사고가 났다.

하필 그 인간이 가진 재주가 관상과 금고 따기.

길모가 일하는 텐프로에 오는 손님 중에 많고 많은 눈먼 돈의 소유자들과 그들이 가지고 있는 금고.

하필 CD에 딸려온 글자도 악한 자를 털어서 가난한 자를 구하라는 겁악제빈!

조건이 딱딱 맞아떨어지는 것이다.

'씨발!'

마구 비장해지는 길모. 심장 떨림은 어느새 설렘으로 바뀌어갔다. 눈먼 돈으로 눈먼 사업을 하며 긁어모은 돈을 가진 자들. 그 사업을 위해 수백만 원 이상 가는 술로 작당을 벌이는 인간들. 그리고 그들 품에 녹슬어 가는 금고 안의 돈.

'이건……'

길모는 윤호영의 지하에서 본 세 권의 소설책을 떠올렸다.

홍길동전!

임꺽정!

장길산!

알고 보니 모두 가난한 자들 편에 서서 탐관오리를 털어낸 의적들. 그렇다면!

'나보고 이 시대의 홍길동이 되라는 뜻?'

재빨리 핸드폰을 보았다. 전화 온 곳은 없었다. 인터넷을 연결해 뉴스를 보았다. 금고와 관련된 뉴스도 없다. 기광철이 모르는 게 분명했다.

"야, 일어나!"

필링이 꽂히자 열심히 자고 있는 장호를 걷어차는 길모.

[몇 신데요?]

"그게 중요해? 문자 때려."

[누구한테요?]

여전히 비몽사몽인 장호는 하품을 쉴 새 없이 해댔다.

"누군 누구야. 승아 년 하고 유나 년이지."

[걔들은 왜요?]

"아, 말 존나게 많네. 빨리 문자나 때려. 짜샤!"

길모는 또 장호를 쥐어박았다. 장호는 인상을 구기면서도 문자를 번개처럼 눌러댔다.

[라면 물 올려요?]

"됐어. 오늘 같이 뜻깊은 날에 웬 라면?"

[뭐가 뜻깊은데요?]

"우리 오늘 도원결의하는 거다. 아니지. 서울에는 복사꽃이 없으니까 장미 결의? 아니면 치킨 결의?"

[형?]

"앵앵거리지 말고 돈다발 챙겨라."

길모는 거울을 보며 머리카락을 빗어 내렸다.

[돈은 왜요?]

"왜는 왜야? 시캬. 너는 승아하고 유나 년이 즉빵집 가서 빤쓰 쫙쫙 벗어대면 좋겠냐?"

그제야 감을 잡은 장호가 눈을 동그랗게 떴다.

"새끼… 감격하기는. 홍길모 박스는 맨날 개밥일 줄 알았냐? 나도 해뜰 날 있다 이거야."

[형!]

장호가 길모의 품으로 달려들었다.

"아, 이 새끼, 왜 이래? 남자가 쪼잔하게……."

[형, 진짜 멋져요.]

"까지 말고 헬멧이나 던져라."

길모가 손을 내밀자 바로 헬멧이 날아왔다. 오늘따라 착착 손에 감기는 헬멧.

"대신 너 말이다. 이건 절대, 무조건, 영원히 비밀이다."

[뭐요?]

"내가 금고 연 거!"

[알았어요.]

장호는 그 대답에 이어 '사랑해요' 라는 수화까지 보너스로 덧붙였다.

바당바당! 바다당!

장호는 신이 나는지 앞바퀴를 번쩍 들었다 놓았다. 필 꽂히면 자가용도 뛰어넘는 놈이다.

"야, 그렇다고 너무 오버하지는 말아라."

길모가 헬멧을 쓰며 살짝 경고를 날렸다.

[걱정 말고 타기나 하시죠.]

"바로 나온다냐?"

[뭐, 졸려죽겠다고 투덜거리기는 하는데 바로 나온대요.]

"그럼 출발이다."

길모가 장호 뒤에 붙는 순간 오토바이가 지면을 차고 나갔다.

와다당!

오토바이는 바람을 가르며 달렸다. 작은 틈도 놓치지 않는다. 장호는 손으로 허공을 휘저었다. 말을 못하는 장호가 부르는 쾌재였다.

약속 장소는 아담한 파스타 집이었다.

"그냥 국수라고 하면 되지 파스타는 얼어 죽을······."

먼저 도착한 길모가 자리를 잡으며 투덜거렸다. 앙증맞은 유럽풍 소품으로 장식한 파스타 집은 대낮인데도 손님이 많았다.

"으아, 이거 우리 가게보다도 장사가 잘되네?"

[여자들은 이런 걸 좋아하잖아요.]

"야, 우리도 돈 벌면 여자 전용 룸싸롱 하나 만들까?"

[그거 벌써 있잖아요.]

"호빠?"

[네.]

"아, 진짜 그러네. 야, 오나 안 오나 전화 때려봐라."

길모가 재촉할 때 승아가 먼저 들어섰다. 그 뒤로 유나도 들어왔다. 둘의 꼴은 아주 가관이었다.

"야, 제발 관리 좀 해라. 너희가 그러니까 지명이 없는 거 아니야?"

길모가 핀잔을 작렬시켰다.

"오빠, 쪽팔리게……."

유나가 주변을 돌아보며 눈을 부릅떴다.

"쪽팔릴 것도 썩었다."

"아, 뭔데 자는 사람 오라는 거야? 그렇잖아도 싱숭생숭한 판에!"

유나는 말을 하면서도 하품이다.

"마이너 리거들 패자부활전 하려고!"

길모가 목소리에 힘을 주었다.

패자부활전!

오면서 생각한 구상이다. 이름부터 죽여주지 않는가?

텐프로 퇴출 0순위 박스, 일명 진상 처리 팀.

자그마치 네 명 다 가불 인생이며 오늘내일 지옥으로 정리될 운명. 이보다 더 확실한 마이너리거는 없었다. 길모 역시 오라는 곳 없고 승아와 유나는 즉빵집 예약 티켓을 끊은 꼬라지에 말 못 하는 보조 웨이터 장호. 아마 이보다 더 꼴사나운 막장 집단도 드물 것 같았다.

"아, 진짜 말도 구리네. 이게 다 누구 때문인데? 오빠가 퀄리티 높은 손님만 좀 땡겨왔어도……."

유나가 눈을 흘기며 원망을 쏟아냈다. 길모는 변명하지 않았다. 반은 맞는 말이니까.

"받아라!"

순간 길모가 뭉치 하나를 내놓았다.

[뭐예요?]

듣고만 있던 승아가 수화를 시작했다.

[맞혀봐.]

장호가 화답한다.

"야, 눈 어지러우니까 그만해. 남은 알아먹지도 못하는 수화를……."

괜한 짜증에 받친 유나가 손사래를 쳐서 승아와 장호의 손을 밀어버렸다.

"그만하고 슬쩍 까봐라. 완전 뒤집어질 테니까."

"쳇, 이게 금덩이라면 또 모를까… 옴마야!"

별생각 없이 덩어리 포장을 열던 유나가 의자째로 나가떨어졌다. 그 바람에 옆 테이블 여자들의 시선이 집중되었다.

"쏘리, 쏘리입니다. 볼일들 보세요."

길모가 나서 재빨리 수습을 했다. 그때까지도 유나는 눈알을 부릅뜬 채 사시나무처럼 떨고 있었다.

[오빠!]

다음으로 돈을 확인한 승아도 길모를 바라보았다.

"가불 갚아라. 아니면 즉빵집 가야 하는 거 알지?"

"이거 웬 거야?"

겨우 정신을 차린 유나가 물었다.

"그런 거 알아서 뭐해? 저녁에 사장님께 가불 청산하고 보란 듯이 다시 시작하자."

"오빠, 로또 맞았어?"

"야, 이년아. 그냥 시키는 대로 좀 해. 왜 이렇게 따지고 들어?"

답변이 궁해진 길모가 물컵을 집어 들고 으름장을 놓았다.

[오빠…….]

"감격할 거 없다. 우리도 이제 운 트이는 거야. 너희들 나 변한 거 봤지? 죽을 뻔한 후로 손님도 이어지고 매상도 근사하잖아?"

"뭐, 좀 그렇긴 하지."

유나가 고개를 끄덕였다.

"나 이제 자신 있다. 그러니까 일단 너희들 가불부터 청산하고 카날리아 최고의 박스로 거듭나자. 서 부장님 한 번 잡아보자고."

"그건 좀 오버 아니야?"

"그러니까 노력을 해야지. 나도 할 테니까 너희도 죽을 각오로 덤벼라."

[시키는 대로 할게요. 오빠!]

돈을 품은 승아는 눈물이 흥건하게 고여 있다. 말은 안 해도 얼마나 고민했을까? 그걸 생각하니 다시 한 번 가슴이 뿌듯해지는 길모.

"일단 가지고 가라. 그리고 오늘부터 좀 뽀샤시하게 쳐바르고 출근해라. 민선아나 안지영 저리 가라로 말이야."

"아무튼 고마워. 오빠!'

유나도 돈을 챙겼다. 순간 길모의 눈빛이 살짝 흔들렸다.

'검푸른 낯빛……'

좋지 않은 느낌이었다. 하지만 기분이 한껏 업된 길모는 그
냥 넘겼다. 자다가 나온 얼굴인데다 그렇게 깊은 사색(死色)은
아니기 때문이었다.

"됐으니까 빨리 가. 장호가 태워다 줄 거다."

길모는 두 여자를 쫓듯이 내보냈다. 장호는 바로 출발을 했
다. 두 여자를 뒤에 차곡차곡 달고 말이다.

"어이!'

기분이 잔뜩 고양된 길모가 손을 번쩍 들며 뒷말을 이었다.

"여기 빌(Bill)지!'

계산을 끝내고 나온 길모는 쓴 입맛을 다녔다.

'쓰벌, 국수값 한 번 더럽게 비싸네.'

더러운 건 국수값만이 아니었다. 햇살도 더럽게 눈부시기만
했다. 그래도 웃음이 절로 나왔다. 으하, 왜 이렇게 기분이 좋
은 걸까? 지근거리던 골머리의 두통도 산뜻하게 사라졌다. 길
모는 10만 원을 내고 거스름돈으로 받은 28,000원을 박스를 끌
고 가는 할머니 주머니에 쑤셔 넣어버렸다.

"팁입니다!'

뭔 소리야 싶던 할머니의 표정은 금세 환희로 변했다.

아무튼, 뽀대는 났다.

*   *   *

"정식 박스?"

어둠이 아슴하게 내린 저녁, 길모는 사무실에서 방 사장과 독대를 했다. 방 사장의 눈빛은 이놈이 뭘 잘못 처먹었나 하는 바로 그것이었다.

"이제 한 번 제대로 해보고 싶어서요."

"언제는 제대로 안 해봤냐?"

방 사장은 건성으로 넘겼다.

"사장님!"

"헛소리 말고 나가봐. 그렇잖아도 세금 때문에 골치 아프니까."

방 사장이 고개를 저었다. 룸싸롱과 세금. 그건 뗄 수 없는 관계였다.

"저 농담 아닙니다."

길모가 힘주어 말했다. 장부를 넘기던 방 사장이 길모를 쏘아보았다.

"아니면? 맛이 좀 갔냐? 애들 정리한다니까 말 못 알아들어?"

"그것도 보류해 주십시오."

"야, 홍길모!"

방 사장이 책상을 내려쳤다.

"애들 마이낑 해결될 겁니다."

"뭐? 걔들이 무슨 재주로?"

방 사장이 꼬나볼 때 노크 소리가 들렸다. 승아였다.

"뭐야?"

방 사장이 까칠하게 물었다.

[가불 갚으려고요.]

승아가 수화를 날렸다.

"가불을 갚아?"

[여기······.]

승아는 누런 봉투를 내밀었다. 방 사장이 열자 안에 든 5만 원권 현찰 다발이 보였다. 믿기지 않는 듯 승아를 바라보는 방 사장.

[덕분에 요긴하게 썼어요. 고맙습니다. 은혜 잊지 않을게요.]

승아는 방 사장을 향해 착한 미소를 지으며 말꼬리를 붙였다.

[저 다른 데 안 가도 되죠?]

"나가봐."

방 사장의 목소리가 조금 나긋해졌다. 때맞춰 길모가 윙크를 날리자 승아가 복도로 나갔다.

"쟤 로또라도 맞았냐?"

"유나도 오늘 마이낑 해결할 겁니다."

"홍길모!"

"정식 박스하게 허락해 주십시오."

"좋아. 애들은 그렇다고 치고. 그럼 너는?"

방 사장이 길모를 향해 의자를 돌렸다.

"저, 저는……."

"나참, 너는 웨이터라는 놈이 그렇게 눈치가 없냐? 사실 쟤들보다 더 급한 건 너잖아?"

"그게… 지금 제 운이 좀 풀리고 있으니……."

"운?"

그 말에 방 사장이 반응을 해왔다. 옳거니 싶은 길모는 살짝 거짓말을 보탰다.

"그동안 눌릴 압 자 운이었는데 이제 풀릴 탈 자 운이 왔습니다. 지금까지 있던 정을 봐서 한 번만 밀어주십시오."

길모는 되는 대로 썰을 풀어댔다.

"너 진짜 관상이나 사주 같은 거 공부하냐?"

"……."

"왜? 나한테 말하면 천기누설이냐?"

"하고 있습니다."

"그래?"

"사장님!"

"알았으니까 일단 나가봐. 어차피 한 달 준 시간도 남아 있고."

"그럼 허락하신 걸로 알겠습니다."

길모가 자리를 털고 일어섰다.

"야! 홍 부장."

"네?"

문 앞에서 돌아보는 길모.

"나 오늘의 운세나 좀 봐줘라. 이따가 검사 놈 만날 건데 비즈니스 좀 먹힐 운이냐?"

'비즈니스?'

길모는 방 사장의 얼굴을 집중했다.

'잘린 둥근 눈에 콧부리가 낮고 끝이 둥근 상. 게다가 귀 색에 윤기가 도는……'

방 사장은 전형적으로 상술이 뛰어날 상이었다. 콧부리 덕분에 금전 운도 좋다. 더구나 최근 들어 귀에 윤기가 도니 매사가 형통할 상이었다.

"밀어붙여도 좋을 것 같습니다."

"너 진짜지?"

"예!"

길모는 그 말을 두고 복도로 나왔다.

[형.]

길모를 기다리던 장호가 다가왔다.

"시캬, 내가 된다고 그랬잖아?"

들뜬 마음에 헤드락으로 장호의 머리를 조이며 몸서리를 치는 길모. 저만치 대기실 앞에 나와 있던 승아도 손을 흔들어 주었다.

"여기요, 음료수 주세요!"

날아갈 듯한 기분으로 길모는 만복약국에 들렀다. 류설화가 한 박스를 꺼내주었다.

"한 박스 더요."

"좋은 일 있으신가 봐요."

길모의 기분을 눈치챈 류설화가 웃었다. 길모는 버벅거리며
약국을 나왔다.

"내가요, 이제 박스가 되었거든요."

그 말을 밖에 나와서야 중얼거리는 길모. 약국을 보니 류설
화는 보이지 않았다.

폭풍 통화!

음료수 박스를 끼고 1번 룸에 엉덩이를 붙인 길모는 닥치는
대로 전화를 눌렀다.

"이 사장님, 여기 카날리아인데요."

"네, 참한 아가씨가 새로 와서 인사드리느라고요."

"저 기억하시죠? 카날리아 홍 부장입니다!"

입이 아팠다. 특히 비슷비슷한 멘트를 날리다 보니 중간에
발음이 꼬이는 일도 많았다. 슬쩍 꾀가 나면 파타야의 바다를
생각했다. 그때, 살려고 하던 필사적인 의지. 그걸 생각하면
못 할 것도 없었다.

"홍 부장 열심히 하네?"

너무 집중한 걸까? 통화를 끝내고 돌아보니 서 부장이 문 앞
에 서 있었다.

"형님!"

"진작 좀 그렇게 하지."

서 부장은 중앙 소파에 앉더니 담배를 꺼내 물었다.

"앞으로도 많이 가르쳐 주십시오."

나이트클럽 기도 때의 자세로 꾸벅 화답하는 길모.

"사장님한테 정식 박스 요청했다고?"

"예……."

"허락받았냐?"

"절반은……."

"쉽지는 않을 거다."

서 부장이 담배 연기를 뿜었다.

"형님한테 뭐라고 했습니까?"

"너는 그 양반하고 하루 이틀 일한 것도 아니면서 그렇게 모르냐? 그 양반은 돈으로 시작해서 돈으로 끝나는 사람이야. 썰은 필요 없다고."

"아가씨들 마이낑은 오늘 해결될 겁니다."

"너는?"

마치 방 사장이 빙의된 듯 똑같은 시선으로 쳐다보는 서 부장.

"제 건……."

"박스 누가 하는 건데? 아가씨들? 홍 부장, 네가 하는 거잖아?"

"그렇죠."

"그럼 네 빚부터 까고 요구를 해야지."

"……."

"아가씨들 마이낑 갚을 거라고?"

"네……."

"네가 구해줬냐?"

"……."

"진짜 딱하다. 돈이 융통되었으면 네 가불부터 퉁치고 시작해야지, 아가씨들 마이낑이 급하냐? 솔직히 애들도 영양가 하나 없는 사이즈를 가지고……."

"그래도 저하고 동고동락……."

"요즘 애 쓰는 거 같으니까 한마디만 해주마. 아니꼬와도 명심해라."

"예……."

"웨이터도 사업이다. 우선순위라는 게 있어. 무슨 말인지는 곰곰 생각해 봐라."

서 부장은 담배를 비벼 끄고 룸을 나갔다.

우선순위!

맞는 말이었다. 길모가 약한 게 바로 그거였다. 늘 꼴리는 대로 살아왔다. 하지만 후회 따위는 없었다. 아가씨들만 해도 그렇다. 에이스들에 비하면 턱도 없다는 거, 길모도 잘 알고 있다. 그러나 서 부장이 모르는 게 있었다.

의리.

잘나가는 서 부장이 그 아픔을 알까? 하루 종일 손님 한 테이블 못 받고 시간만 죽여대는 마음. 남들은 월수 천만 원, 이천만 원 헤아릴 때 집에 갈 차비 걱정을 하던 마음. 더구나 관리하던 아가씨들을 즉빵집으로 보내는 건 길모의 자존심상 허락할 수 없었다.

'씨발, 쪽팔리게 말이야!'

"야, 최장호!"

어슬렁 룸을 나온 길모가 장호를 불렀다.

[왜요?]

"유나 왔냐?"

[아직······.]

"이년이 때 빼고 광내라니까 너무 오버하는 거 아니야?"

[그런가 보네요.]

장호가 수화를 날리며 웃었다.

"그래야지. 그년도 잘 꾸미면 중간은 가니까."

[형, 호객 끝났어요?]

"뭐? 호객?"

수화를 하던 장호가 얼른 눈초리를 내렸다. 길모가 싫어하는 단어가 튀어나온 것이다.

"시캬. 내가 나이트 삐끼냐? 우린 텐프로야, 텐프로!"

[죄송해요.]

"들어가서 룸이나 닦아. 삐까번쩍하게."

길모는 장호의 엉덩이를 걷어찼다. 그 사이에 핸드폰이 울렸다.

'이키키, 하나 걸렸다!'

발신자 이름을 보자 길모의 입이 찢어졌다. 수십 통 날린 비즈니스 중에 하나가 걸린 모양이었다.

"어섭서!"

길모는 장호를 데리고 도로 앞까지 나가서 손님을 맞았다. 웨이터 밥 십여 년 만에 처음 있는 일이었다. 손님은 둘이었다. 룸으로 모신 후에 재빨리 관상을 스캔했다.

'입술에 세로줄… 정이 많고 대인 관계가 원만하시겠고…….'

다음으로,

'머리카락이 일자선으로 넓은 이마… 판단력이 좋은 사람…….'

관상을 보니 두 사람은 직장인들. 보아하니 재벌 회사의 임원진급인 모양이었다.

'그럼 이분이 갑이로군.'

길모의 시선이 넓은 이마의 손님에게로 옮겨갔다.

"선생님은 이마가 대박이네요. 제갈공명 같은 판단력이 그 안에 들었겠는데요?"

길모의 첫 번째 작업멘트가 날아갔다.

"어, 이 친구 뭘 좀 아네? 우리 이사님 판단력은 국제 공인이셔."

함께 들어온 남자가 맞장구를 쳐온다.

"선생님도 관상을 보아하니 마당발이실 것 같습니다. 정도 많은 분이고요."

"홍 부장이라고 했나?"

세로 입술이 물었다.

"예, 홍 부장입니다."

"이사님, 이 친구 관상 좀 보나본데요? 저도 입술 복으로 먹고 산다는 말 여러 번 들었거든요."

"진짜 관상 볼 줄 아나?"

"뭐, 조금요."

이사가 묻자 길모는 겸손하게 대답했다.

"그럼 우리 이사님 관상 좀 제대로 봐줘. 이번에 승진 케이스거든."

"엄 부장, 거 쓸데없는 소리를……."

"아닙니다. 그렇잖아도 제가 역학하는 친구에게 이사님 사주 좀 던져 봤는데 가능성이 높다고 하더라고요."

"그럼 제가 잠깐 봐드려도 될까요?"

길모가 얼른 끼어들었다.

"그러시게. 잘 좀 봐주게. 이건 복채!"

부장이 지갑에서 5만 원을 뽑아 길모의 주머니에 찔러주었다.

'살찌고 풍성한 턱에 얼굴 비중에 비해 큰 귀……'

길모가 고개를 갸웃거렸다.

"아닌가?"

뭔가 짐작을 한 듯 이사가 물었다.

"아, 이 사람… 봤으면 빨리 말해. 우리 이사님은 밴댕이 아니시니까."

'젠장!'

길모는 몰래 한숨을 쉬었다. 실수였다. 주문부터 받는 걸 깜박했다. 다들 좋은 말만 좋아하는 세상. 그러니 바라는 답을 해주지 않으면 바로 나가 버릴 수도 있었다.

하지만!

이건 관상이다. 꼴 대로 가는 거지 얼굴에 쓰인 운을 멋대로 바꿔 말할 수는 없었다.

"죄송합니다. 승진은 조금 기다려야 할 것 같습니다."

"……?"

"대신 부동산 운이 터질 것 같습니다. 부하 운도 좋으니 조금 늦더라도 장차 대기만성하실 상입니다."

길모는 솔직하게 말해 버렸다.

"에이, 거 김새게……."

부장의 미간이 확 일그러졌다.

'아, 이거 관상 보이는 게 꼭 좋은 것만은 아니네.'

싶을 때 이사의 입이 활짝 열렸다.

"이 친구, 이거 진짜 족집게네? 엄 부장, 내가 네 달 전에 산 임야 있지? 그거 개발되는 거 알아?"

"네?"

"게다가 봄 인사 때 자네가 내 밑으로 왔잖나? 그 덕분에 우리 실적이 확 올랐고."

"에이, 이사님은……."

"사실 까놓고 말해서 이번에 승진하면 아프리카 시장 개척 나가야 하네. 그것보다는 내년이나 내후년에 승진해서 미국 현지법인으로 가는 게 더 좋고."

"그건 그렇군요."

"이봐. 자네 마음에 들어. 가서 술 가지고 오라고."

이사의 목소리는 흔쾌하게 바뀌어 있었다.

"감사합니돠. 아가씨는 어떻게 할까요?"

바로 허리를 조아리며 되묻는 길모.

"우리끼리 할 얘기가 있으니까 조용한 애들로 부탁해."

"그럼 혹시 수화하는 애도 될까요? 목을 좀 다쳐서 말도 없고 귀여운데다 조신해서 비즈니스 하시는 분들이 좋아하십니다."

길모는 살짝 거짓말을 덧붙였다.

"말을 못 해?"

"그래도 알아듣는 건 영어까지 가능합니다."

"색다르겠군. 그럼 들여보내."

"예!"

길모는 휘파람을 불며 룸에서 나왔다. 운명대로, 솔직하게 응대한 보람이었다.

"야, 승아하고 유나 준비시켜라."

[유나요?]

지시를 받은 장호의 눈자위가 구겨졌다.

"왜?"

[유나 아직 안 왔어요.]

"뭐야? 지금이 몇 신데?"

길모의 목소리가 확 높아졌다. 그러자 카운터 쪽에서 손님을 응대하던 강 부장이 돌아보았다. 가볍게 묵례로 무마하고 핸드폰을 눌러대는 길모.

[전화도 안 받아요.]

"……?"

[유나…….]

장호는 길모의 눈치를 보며 뒷말을 수화로 이었다.

[튄 거 아닌가 모르겠어요.]

"……!"

튀어?

광분한 길모가 번호를 눌렀다.

헐~!

전화기가 꺼져 있다. 다시 눌러도 마찬가지였다. 들리는 건 녹음된 멘트뿐이었다.

"이런 쌍!"

치를 떨 때 사무실의 문이 열렸다.

"야, 홍 부장!"

방 사장이 손을 까닥거리며 길모를 불렀다.

"유나 말이야, 마이낑 갚는다더니 코빼기도 안 보이네?"

"그, 그게…….."

"네가 하는 일이 그렇지. 가봐."

"……."

술이 들어갔다.

안주도 들어갔다.

승아도 들어갔다.

펑크난 유나 대신 수애를 밀어 넣었다. 손님들 앞에서는 '즐거운 시간되십시오' 하고 쌔액 웃고 나왔지만 길모의 미소는 돌아서는 순간에 짤깍 잘려 나갔다.

쿡쿡쿡!

화면이 터져라 눌렀다. 유나는 여전히 전화를 받지 않았다. 맥이 탁 풀렸다.

3천만 원!

길모에게도 어마어마한 돈이었다. 서 부장의 말이 떠올랐다. 명백한 실수였다. 딴에는 얼굴 한 번 세워보라고 맡긴 돈. 그런데 그걸 가지고 튀다니. 허은경에 이어 두 번째 시고였다.

그러자 그녀의 얼굴에 배어 있던 사색이 떠올랐다.

간과했다.

그리 깊은 색이 아니라 그냥 넘겼는데 아무래도 뒤통수를 제대로 맞는 것 같았다.

딴 돈 잃으면 속이 더 아프다더니 딱 그 짝이었다. 죽을 둥 살 둥 기광철의 담장을 넘어 가지고 나온 돈. 더구나 새 출발의 희망을 건 돈이었으니 인간적인 배신감까지 더해 심장이 썩어문드러지는 것만 같았다.

'오냐! 일단은 살생부에 살포시 기록해 두마.'

길모는 머릿속에 살생부를 가지고 있다.

1) 자신을 인간 이하로 개무시한 졸부 이영종.

2) 불법 카드 거래를 길모 탓으로 돌리며 쫓아낸 아방궁 룸 싸롱 사장 채기영.

3) 손님으로 와서 최악을 갑질을 하고 간 악덕 판사 하고명.

4) 마이낑만 먹고 튄 에이스 후보 허은경.

그런데 이제 유나까지?

물에 빠진 걸 구해줬더니 남의 옷까지 집어 들고 튄 인간. 걸리기만 하면 알뜰하게 뼈를 추릴 생각이었다.

차곡차곡!

*　　　*　　　*

밤 11시 반.

카날리아가 분주해지기 시작했다. 게다가 밖에는 비까지 내린다. 이런 날이라면 제대로 매상을 올릴 가능성이 컸다. 2년 전 카날리아 역사상 최고의 테이블 매상도 이런 날 나왔다. 물론 길모가 아니라 서 부장의 작품이었다.

6번 룸에서 민선아가 나와 7번 룸 문으로 들어갔다. 방금 전에 들어간 손님에게 인사를 할 모양이다. 서 부장의 손님은 벌써 여섯 번째 테이블을 끊고 있으니 눈팅이나 하는 길모에게 나오는 건 한숨뿐이다.

그림의 떡!

이보다 더 처절한 경우가 있을까? 세 천황은 돈을 긁고 있는데 길모는 인상을 긁고 있다. 그나마 개시라도 했으니 피눈물까지는 나오지 않았다. 비록 580,000원짜리 찌질한 기본에 불과했지만.

밖으로 나오니 신세가 더욱 처량했다. 눈치도 없이 배는 비둘기 울음을 내고 있다. 하긴 오후 네 시에 먹은 컵라면 하나가 얼마나 가랴?

'이럴 줄 알았으면 아까 손님이 남긴 베이컨이라도 좀 집어먹을걸.'

쓴 입맛을 다실 때 두 대의 세단이 주차장으로 들어왔다.

'이번엔 또 어떤 천황의 손님이야?

본능적으로 입구를 돌아보는 길모. 그런데 아무도 나오지 않았다. 앞에 선 세단에서 중년 남자가 내렸다. 그는 우산을 펴더니 뒤의 차로 걸어가 운전석 문을 열었다.

절뚝!

다리를 저는 남자가 차에서 내렸다. 척 보아도 단체의 장 냄새가 물씬 풍겼다. 둘은 카날리아로 들어갔다. 길모가 고개를 갸웃거렸다. 부장들이 나오지 않았다는 건 예약 손님이 아니라는 뜻이었다.

아니나 다를까?

두 남자는 뺀찌를 맞았다.

"죄송하지만 룸이 없습니다."

단칼에 자른 건 이 부장이었다. 뜨내기는 받지 않는 것. 그건 카날리아뿐만 아니라 럭셔리를 표방하는 룸싸롱, 1%나 텐프로의 일반적인 법칙이었다. 개나 소에 더해 뜨내기까지 다 받으면 텐프로가 아니니까.

"아니, 돈이 없지 룸이 없어? 여기 사장 누구야? 우리 회장님을 뭘로 알고!"

핏대를 올리는 사람은 알고 보니 중앙장애인협회의 사무총장이란다. 그래봤자 소용없다. 룸이 없다는 데야 유엔 사무총장이신들 어쩔 것인가?

"당신들 우리 무시하는 거지? 요즘 불황이라는데 그렇게 장사가 잘돼? 내가 경찰 불러서 확인해 볼까?"

총장이 복도를 가리키며 언성을 높였다. 곤란한 손님이다. 대개는 룸이 없다면 그냥 가게 마련이었다.

"그럼 예약을 하시고 다음에 오시면 제가 모시겠습니다."

이 부장은 역시 노련하다. 분명 퍼펙트 진상과에 속하는 뜨내기들이지만 그래도 인상 한 번 찡그리지 않는다.

"이것들이 누굴 놀리나? 됐으니까 사장 나오라고 해."

이 부장의 눈이 입구에 서 있는 길모와 마주쳤다. 어쩔래? 진상 처리라도 할래? 그 눈은 그렇게 묻고 있었다.

"아이고, 손님!"

길모는 밖에서 들어오는 척하며 너스레를 떨었다.

"너는 또 뭐야?"

진상과 아니랄까 봐 눈알부터 뒤룩뒤룩 부라리는 총장.

"죄송합니다. 제가 방금 손님 한 팀을 배웅하고 왔는데 우리이 부장님이 몰랐던 모양입니다. 마침 딱 한 룸이 비었는데 제가 모시겠습니다."

"진짜야?"

"예, 이리 오시죠."

길모는 허리를 조아리며 1번 룸을 가리켰다. 돈을 뿌리며 누리고 싶은 인간들. 그런 부류의 인간들에게는 아부가 최상의 서비스였다.

"새끼들, 이렇게 비었으면서 말이야."

룸으로 들어온 총장이 기염을 토했다. 그러더니 바로 회장에게 상석을 챙기며 소파까지 소매로 닦아준다.

"이쪽으로 앉으시지요."

아부 한 번 쩔었다. 볼꼴 못 볼꼴 다 보는 웨이터지만 이럴 때는 꼭 오바이트가 쏠렸다.

"험험!"

회장은 왼쪽 발을 폈다가 자리를 잡았다. 왼발에 장애가 있는 것 같았다.

"그런데 저희 카날리아는 어떻게?"

일단 신상 파악에 들어가는 길모. 진상과의 손님에게는 필수 코스였다. 아쉬운 마음에 물고 들어왔지만 찜찜한 손님은 기본 먹이고 내보내는 게 상책이었다.

"야, 여기 물 좋다는 소문 듣고 큰맘 먹고 회장님 모시고 온 건데, 이 따위로 해서야 단골 되겠어?"

총장의 허세는 멈출 줄을 모른다.

"죄송합니다. 저희가 원래 예약제로 운영하다 보니……."

"지랄하고 자빠졌네. 예약 손님 돈은 다이아고 우리 돈은 모조 큐빅이냐?"

'살이 뒤룩한 얼굴에 큰 눈이 툭 나온 상. 향락적이고 게으른데다 허영심 덩어리……'

길모는 한눈에 총장의 관상을 파악했다.

'응?

다음으로 회장에게 시선이 옮겨간 길모가 주춤 시선의 방향을 바꾸었다.

폭력배상!

회장의 관상은 그랬다. 좁은 미간에 옴쭉 튀어나온 도토리알 모양의 눈. 관용을 모르고 난폭하다는 반증이었다. 그보다 더 놀라운 건 오른손이 웅웅 울림을 냈다는 것.

'이 새끼들, 진짜 양아치들인가?

이래저래 긴장이 되었지만 길모는 너스레를 떨며 주문을 받았다.

"술은 뭘로 세팅해 드릴까요?"

"야, 여기서 제일로 비싼 걸로 가져와. 우리 회장님 오늘 국정 돌보시느라 쌓인 노고 좀 풀어야 하니까."

총장이 말했다. 국정이란다. 나 참!

"저기……."

길모는 총장의 귀에 대고 나지막이 속삭여 주었다.

"제일 비싼 술은 한 병에 천만 원도 넘고요, 참고로 말씀드리는데 우리 가게는 2차 안 됩니다."

"……?"

총장의 눈빛이 출렁거렸다. 무엇 때문에 놀란 걸까? 술값 때문일까? 아니면 2차 안 된다는 말 때문일까?

"야, 그럼 대충 남들이 잘 먹는 걸로 가져오고 아가씨들 불러!"

"그럼 발렌타인 30년산으로 모시겠습니다. 그리고……."

다음으로 승아에 대해 덧붙였다. 아가씨는 참하지만 사고로 잠시 말을 못한다고.

"예쁘냐?"

총장은 한마디로 되물었다.

"죽이죠."

"그럼 됐어. 빨리 들여보내."

진상도 남자다. 예쁘다면 무사 통과!

"예!"

길모는 꾸벅 인사를 남기고 룸을 나왔다.

"으아, 유나 이년. 너한테도 연락 없었어?"

대기실로 달려간 길모는 죄 없는 승아를 다그쳤다. 아가씨 두 명이 필요한데 하나가 모자라는 것이다.

[없었어요.]

"미치겠네. 카날리아 체면이 있지 보도에다 전화하면 사장님이 방방 뛸 테고."

[제가 천황님들 아가씨 한 명 눈치껏 불러내서 더블 뛰라고 할까요?]

"누가 그걸 몰라 시키야? 사람 열 받으니까 그렇지!"

길모가 장호를 쥐어박으려는 순간, 누군가 뒤에서 길모 손목을 잡았다.

"너?"

뒤를 돌아본 길모가 콧김을 뿜었다. 손목을 잡은 사람은 유나였다.

[유나야!]

장호와 승아가 동시에 금붕어 눈을 하며 수화를 그렸다.

"너, 이리 와. 뭐하다가 지금 나타난 거야?"

유나의 멱살을 잡아챈 길모는 눈알이 쏟아지도록 부라렸다.

"이거 놔! 숨 막히잖아."

"이년이 뭘 잘못 처먹었나? 지금 어디서 큰 소리야?"

"아, 쪽팔리게 왜 이래. 놓으란 말이야."

"못 놓는다. 너 전화는 왜 껐어? 내 돈 가지고 튀었던 거지?"

"그래. 튀었다. 왜?"

이번에는 유나가 각을 세우며 앙칼지게 쏘아붙였다.

"뭐야? 어우, 이걸 그냥!"

"이 생활 지겨워서 튀려고 그랬어. 왜? 어차피 여기 와봤자 지명도 없고 인기도 없고 또 마이낑만 쌓여갈 거 아니야? 그래서 전화 끄고 기차 타고 튀었다고!"

"이년이!"

길모가 손을 치켜들자 장호와 승아가 달려들어 막아섰다.

"나도 이번 기회에 좀 신 나게 살아보려고. 그런데 씨발, 서울에서 멀어지니까 좋기는커녕 오빠 생각이 나잖아? 나 같은 년 뭐 믿고 3천만 원이나 안겨준 병신 쪼다 같은 오빠 말이야! 자기도 가불 존나게 쌓인 주제에!"

유나의 고함은 울부짖음으로 변해갔다.

"그래서 왔어. 왜? 그러니까 애당초 왜 나 같은 년한테 거금을 주래?"

"야, 이유나……."

한 대 쥐어박으려다 되레 머리가 멍해지는 길모.

"돈 여기 있어. 이런 걸로 사람 유혹하지 말고 오빠가 가져가!"

유나가 가방에서 돈뭉치를 꺼내 길모에게 던져 주었다. 길모는 할 말을 잃었다. 똥 싼 놈이 성질낸다더니 졸지에 전세가 역전된 것이다.

"미친년, 기왕 가지고 튀었으면 잘 먹고 잘살지 뭐하러 기어들어 와?"

길모도 괜히 목소리를 높였다.

"씨… 지금까지 나 믿어준 거 오빠뿐이란 말이야. 그런데 양심이 있지 어떻게 튀어?"

눈물 콧물 범벅이 되어 훌쩍거리는 유나. 그걸 보니 길모의 마음도 먹먹해지기는 마찬가지였다.

"미친년. 술집 나오는 주제에 무슨 양심이야."

길모는 내심 뿌듯해지는 걸 감추며 까칠하게 중얼거렸다.

"뭔데 이렇게 소란스러워? 손님들 계신데?"

검사와 비즈니스를 마치고 돌아온 방 사장이 대기실로 들어섰다.

"아, 아무것도 아닙니다. 유나 이년이 가불 갚으려 하는데 사장님 안 계신다고 짜증을……."

길모는 멋대로 둘러대며 방 사장에게 돈뭉치를 건네주었다.

"진짜 돈이네?"

돈을 받아든 방 사장이 유나를 바라보았다. 유나는 킁 하고 콧물을 삼켰다.

"좋아, 홍 부장 네 말대로 검사 놈 기름칠도 제대로 됐고… 홍 박스 정식으로 허락할 테니 제대로 한 번 해봐라."

"사장님!"

놀란 길모의 목소리가 빼액 높아졌다.

"당장은 6 대 4야. 그리고 애들 즉빵집 가는 건 취소하마!"

"캄사합니돠!"

길모는 목이 터져라 소리쳤다.

길모의 감사는 두 가지 의미였다. 하나는 방 사장에게 또 하나는 자신에게. 사실 길모는 끝까지 유나를 믿고 싶었다. 그래서 내일도 모레도 기다릴 생각이었다.

비록 그녀의 얼굴에서 사색이 뜨긴 했지만 그보다는 평소의 그녀 마음을 믿었다. 좀 까칠한 구석은 있지만 그렇다고 남의 뒤통수를 칠 아가씨는 아니었던 것이다.

'그럼 그렇지. 사람이 신뢰라는 게 있지.'

길모는 남몰래 쾌재를 불렀다. 믿음이 주는 뿌듯함. 그 또한 오랜만에 느껴보는 푸근함이었다.

아가씨는 이렇게 해결되었다. 승아와 유나가 들어서자 회장은 승아를 택했다. 그러면서 바로 느끼한 헛소리를 직직 뿜어 댔다.

"내가 장애인협회 회장이니까 혹시 계속 말 못하게 되면 연락해라. 장애인 등록하고 뒤 돌봐줄 테니까."

뒤이어 바로 아부 모드에 돌입하는 총장.

"너 운 좋다. 우리 회장님 통하면 안 되는 게 없거든."

'븅신들 놀고 자빠졌네.'

길모는 콧방귀를 뿜었다. 여기서 븅신은 장애인을 비하하는 게 아니다. 꼴값 못 하는 인간들에게 날리는 길모의 관행적인 상투어이다. 그렇지 않은가? 장애인 등록은 나라에다 하는 거지 지들이 뭔 상관?

길모는 부장 웨이터의 사명상 정중히 한 잔씩을 안기고 복도로 나왔다. 잠시 후에 나온 장호가 5만 원권 두 장을 흔들었다.

[그래도 팁빨은 있는데요?]

"시캬, 인간들 허접하니까 잘 감시해. 여차하면 안에서 애들 떡칠까 무섭다."

[걱정 마세요. 내가 인간 모니터잖아요.]

"모니터로 돼? 이게 있어야지."

길모가 주먹을 쥐어보였다.

강북 유흥가에서 길모 주먹은 정평이 나있었다. 딱히 싸움만 잘해서 그러는 게 아니었다.

홍길모 주먹은 진단서 주먹!

길모의 별명이다. 이유가 있다. 길모는 작심하면 진단을 '만들어' 줄 수도 있다. 예컨대 3주라고 마음먹으면 딱 그만큼 패는 것이고 6주라고 작심하면 어긋나지 않았다.

그중에서 가장 전설적인 것은 사람은 죽을 맛인데 진단은 1주나 2주밖에 나오지 않는 작살타작법. 요건 법 좋아하는 높고 고매하신 변태들 작살낼 때 효과적이었다.

"그런데 저 새끼들은 뭐해서 돈이 난 거야? 협회 일 하면 횟집이나 가서 알차게 한잔 땡기지 말이야."

[총장이 그러는데 자기들이 대한민국 장애인들을 들었다 놨다 한다던데요? 협회 예산이 엄청난가 봐요.]

"미쳤구나. 대한민국이 제대로 미쳤어."

길모의 목소리가 두 옥타브나 올라갔다.

제7장

두번째 출격

눈먼 돈 나눠 처먹기!

길모가 지금까지 듣고 본 것만 해도 한두 번이 아니었다.

정부의 눈먼 돈을 빼먹는 인간들은 지천에 널렸다. 심지어는 정부 공공기관의 간부들도 마찬가지였다. 어떤 때는 연구 개발을 카날리아에서 한 적도 있었다. 업자를 데리고 와서 짝짜꿍 서류에 도장을 찍고 지원비를 나눠서 꿀꺽하는 것이다.

나라의 돈이 줄줄 새고 있다.

샌 돈은 부패한 기득권들이 인 마이 포켓으로 챙긴다.

그리고 그들 개인 금고에 5만 원권으로 차곡차곡 쌓인다.

그 사이에 장호가 중간 점검을 두 번 들어갔다. 보조 웨이터들의 중간 점검은 두 가지 목적이 있다. 첫째는 웨이터의 사명에 속하는 서비스의 계속성.

좋은 룸이라면 손님의 취향을 읽고 미리미리 대처해야 한
다. 자잘하게는 물수건과 재떨이를 청결하게 준비한다. 이러
다 보면 팁도 나오고 주문도 추가로 받을 수 있다.

두 번째는 손님들의 일탈 경계다. 언젠가 길모가 겪은 일이
었다. 세 명의 손님이 아가씨 하나를 잡고 옷을 벗겼다. 처음
에는 장난인 줄 알았지만 장난이 아니었다. 사태는 비명을 들
은 길모가 난입(?)함으로써 해결되었다. 물론, 세 손님은 경찰
들이 살포시 모셔갔다.

사람들은 말한다.

술이 사람을 개로 만든다고.

절대 아니다.

개가 술을 먹었을 뿐이다.

진짜 사람은 아무리 술을 마셔도 그런 개가 되지는 않는다.
물론, 진짜 사람도 아가씨를 어찌해 보고 싶은 마음은 생긴다.
그럴 때 그들은 점잖은 척 외친다. 2차 되나?

길모는 주방으로 들어가 안주를 몇 개 집어 먹었다. 아무래
도 뱃속의 비둘기를 달래야 했다.

"홍 부장, 오늘은 두 테이블이나 받았다며?"

나 홀로 주방장 청주댁 아줌마가 웃었다.

"아, 예……."

"그리고 박스한다고?"

"네……."

"이제 좀 잘해봐. 홍 부장도 끼는 있잖아?"

청주댁 아줌마가 계란프라이 두 개를 내밀었다. 명색이 부장이지만 3대 천황의 보조 웨이터 수입만도 못한 길모였다. 그러다 보니 가끔씩 챙겨주는 청주댁이었다.

'아줌마……'

고개를 드니 청주댁의 관상이 보였다. 입이 큰 상. 그렇다면 활동적인 관상이다. 그 또한 틀리지 않았다. 그렇기에 주부로 만족하지 못하고 룸의 주방장을 맡은 것이다.

"왜 배고프다더니 다 안 먹고?"

길모가 하나만 먹자 청주댁이 물었다.

"아, 예… 하나면 됐어요."

길모는 추가 안주를 가지러 온 장호에게 남은 계란을 내밀었다.

[땡큐!]

장호는 계란프라이를 한입에 털어 넣었다. 계란 하나. 별것 아닌 것 같지만 길모가 웨이터 생활을 할 때는 큰일이었다. 당시의 보조들은 주방에서 뭘 집어 먹으면 부장에게 따귀를 얻어맞기도 했다. 참, 욕 나오는 일이었다.

"어이구, 누가 보면 형제인 줄 알지. 툴툴거리면서도 어째 저렇게 챙길까?"

"얌마, 처먹었으면 빨랑 가봐."

뻘쭘한 기분에 길모가 장호를 쥐어박았다.

[아, 손님들도 손버릇 더럽던데 형까지……]

"손님들? 그 새끼들이 애들도 주무르냐?"

길모가 신경을 곤두세우며 물었다.

[가슴에 허벅지에… 아직은 거기까지…….]

"아, 진짜 진상 새끼들……."

[그냥 진상이 아니라 완전 개사기꾼이에요.]

"개사기꾼?"

길모는 장호의 수화를 주목했다.

[보아하니 장애인들 예산 착복해서 펑펑 쓰는 모양이더라고
요. 꼴에 명함도 빵빵하고…….]

장호의 수화가 계속 이어졌다.

[게다가 사무실 여직원은 물론 장애인 기업에서도 여직원들
성추행을 일삼은 모양이에요. 이번에도 그쪽 부모가 항의하자
흠씬 두들겨 패고 2천만 원으로 무마했다고 자랑질을…….]

"허얼!"

[월급도 줬다가 다시 거둬들이는 방식으로 착취하는 것 같
더라고요.]

흥분한 룸에서 장호가 명함을 꺼내 들었다.

회장 강수악.

명함을 뺏어 확인하던 길모는 바로 명함을 떨어뜨렸다. 또다
시 오른손이 웅웅 울림을 낸 것이다. 울림은 아까보다도 컸다.

'이건 기광철의 금고 앞에서 느끼던 그…….'

길모는 등을 타고 흘러내리는 땀줄기를 느꼈다.

"혹시 그 새끼들도 금고에 돈 쌓아놓고 퍼 쓴다더냐?"

[어, 형한테도 자랑질했어요?]

장호가 수화를 그을 때 청주댁이 끼어들었다.

"금고?"

"아, 아무것도 아닙니다."

길모는 손사래를 치고 장호를 끌고 복도로 나왔다.

"다시 말해봐. 금고 말이야."

[총장이라는 인간이 그러더라고요. 예산 집행하고 되받은 돈은 협회 금고에 넣어두었다고.]

'협회 금고?'

"얼마나?"

[보아하니 나라에서 받은 예산을 지부에 준 후에 되돌려 받는 수법으로 돈을 챙기는 모양이에요. 그렇게 챙긴 돈을 회장이라는 인간이 인 마이 포켓…….]

"그거 이리 줘라."

길모는 장호가 들고 있는 안주 쟁반을 건네받았다. 손의 울림은 아직도 웅웅, 멈추지 않았다.

금고가 나를 부른다.

그것도 부패한 돈이 든 금고가.

그렇다면,

'가야지!'

길모는 1번 룸을 향해 발걸음을 옮겼다.

"뭐, 불편한 건 없으십니까?"

안주를 내려놓은 길모는 한눈에 상황을 파악했다. 아가씨들의 옷차림이 약간 흐트러져 있다. 터치가 있었다는 얘기다. 심하지는 않았다. 아가씨들도 별 사인이 없다. 그렇다면 못 본 척하는 게 웨이터의 미덕.

사실 프로 웨이터들은 3무(無)를 행한다.

봐도 못 본 척.

알아도 모르는 척.

들었어도 못 들은 척.

룸은 웨이터를 위한 자리가 아니다. 아가씨들 기분 맞추는 자리도 아니다. 룸의 황제는 바로 손님. 다만 진상은 예외였다.

"어이, 내 술 한 잔 받아."

술이 거나하게 오른 회장이 잔을 내밀었다. 권위주의와 오만함이 터질 듯 충만한 모습은 가히 가관이었다.

"얼른 받아. 우리 회장님, 아무나 술 안 주시는 분이야."

총장은 재빨리 아부신공을 펼친다.

"그렇잖아도 명함보고 다시 인사드리러 왔습니다. 훌륭하신 분을 몰라뵈었습니다."

길모는 뒤틀리는 배알을 참으며 직업정신을 발휘해 립서비스를 펼쳤다.

"내가 이래 봬도 청와대 애들하고도 호형호제하는 사이야. 솔직히 마음만 먹으면 이런 가게는 국세청 동원해서 한 방에 날릴 수도 있지."

"그럼 낮에 점심 드신 게?"

총장은 또 알랑방귀를 뀌었다.

"요즘 세계적으로 장애인 인권을 중시하잖아? 우리가 한 번 난리치면 국가신임도도 끝장이야. 그러니 지들이 어쩔 거야?"

"들었지? 우리 회장님 잘 모시라고. 앞으로 큰 단골 되실 수도 있으니까."

총장의 아부는 한마디로 '쩔' 었다.

"죄송합니다. 그렇게 대단하신 분인 줄 모르고……."

"그건 그렇고 이런 데는 에이스가 있다면서? 한 번 구경이나 하자고."

허세를 뿜던 회장이 길모를 바라보았다. 왼손은 승아의 허벅지에서 젖무덤으로 옮겨갔다. 참 안 착한 손이었다.

잠시 궁리하던 길모는 민선아를 뽑아왔다. 손님들에게 에이스를 잠깐 소개하는 건 별문제가 없었다. 때로는 새로운 수요를 창조하기 때문.

그러나 이 경우에는 그것과 반대였다. 추악한 오만으로 가득한 손님에게 염장을 지르려는 의도였다.

"오!"

예상대로, 회장의 입가에서는 침이 주륵 흘러 넘쳤다. 에이스가 괜히 에이스인가. 그녀들은 머릿결부터 얼굴, 피부, 각선미에 볼륨감, 거기에 더해 의상까지 남자 가슴이 녹도록 치장을 하고 있다. 그러니 회장 같은 속물들은 가슴이 벌렁거릴 수밖에 없었다.

"여기 잠깐 앉지."

"죄송합니다. 지금 모시는 손님이 있어서요."

민선아는 술만 한 잔 따라주고 바로 룸을 나갔다.

"야, 우 총장!"

양주를 원샷한 회장이 총장을 다그쳤다.

"내일 재랑 한잔하자."

"어이, 회장님 말씀 들었지?"

우 총장이 길모를 바라보았다. 길모는 우아한 미소를 머금으며 말 또한 우아하게 대꾸를 해주었다.

"죄송하지만 선아는 1년 치 예약이 끝나 있습니다."

"……!"

두 속물의 얼굴을 스쳐 가는 절망은 짧았지만 깊었다. 제대로 엿을 먹인 길모는 내심 쾌재를 불렀다. 이 또한 웨이터의 소소한 즐거움 중의 하나였다.

"허, 이거 그렇게 애국해도 술집에서도 안 알아주는구만."

회장의 입에서 탄식이 쏟아졌다.

"그러게 말입니다. 회장님이 전국 장애인들을 다 먹여 살리는 판인데……."

"그 정도십니까?"

길모는 슬쩍 장단을 맞춰주었다.

"그럼. 이번에 우리가 받아다 집행한 예산만 해도 얼만 줄 알아? 자그마치 수십억이라고."

'수십억?'

"그럼 뭐하나? 다들 저희가 잘난 줄 알고 뒷말이나 무성한데."

"그것들은 국가예산이 그냥 떨어지는 건 줄 알고……."

"내 말이 그 말이야. 대체 로비라는 개념조차 없다니까."

"두고 보십시오. 이번에 제가 비협조적인 부회장과 놈들 다 쓸어버릴 겁니다. 저번에도 회장님이 사무처 여직원 좀 귀엽다고 쓰담쓰담한 걸 가지고 성추행이니 성폭행이니 선동을 하더니 이번에도 그놈들 쪽만 리베이트가 안 왔지 뭡니까?"

'성추행?

길모의 귀가 곤두서기 시작했다.

"세상 말세야. 그 여직원 일도 지가 옷을 그따위로 입고 다니니까 내가 실수한 거잖아? 안 그래?"

"당연하죠. 그건 그 여직원 잘못이지 회장님은 피해자십니다."

회장과 총장의 꿍짝은 가히 피겨여왕의 연기처럼 환상적이었다.

"리베이트 안 보낸 놈이 몇 놈이야?"

"모두 여섯 지부입니다. 누구 때문에 돈 타먹는 줄 알고……."

"하긴 그렇지. 그게 다 내가 의원들하고 고관들 만나서 비즈니스를 하니까 예산이 나오는 거지 하늘에서 떨어지나?"

"그놈들 아예 제명해 버릴까요?"

"세상 많이 좋아졌지. 옛날 같으면 한주먹 거리도 안 되는 놈들인데…….”

회장이 슬쩍 팔을 걷자 문신이 드러났다.

정신일도하사불성(精神一到何事不成).

길모는 눈을 꿈벅거렸다. 한문은 잘 모르기 때문이었다.

“너 이 말의 뜻을 아냐?”

회장이 유나에게 물었다.

“정신일… 도… 가사… 부성?”

“푸하하핫!”

유나가 띄엄띄엄 읽어가자 회장과 총장이 배를 잡고 웃었
다.

“뭐? 정신일도가사부성?”

“쳇, 모를 수도 있지 뭘 그래요?”

무안을 당한 유나가 입술을 삐죽거렸다.

“잘 들어라. 이게 바로 그 유명한 정신일도하사불성이라는
말이다. 정신을 똑바로 차리면 안 되는 일이 없다 이거야.”

“적어라, 적어. 나도 저 말을 가훈으로 삼고 있거든.”

총장이 유나를 보며 말했다.

“이거 내가 일본 야쿠자 애들한테도 많이 전파한 명언이다.
동시에 내 좌우명이기도 하고.”

회장은 승아가 내민 안주를 받아 우적우적 천박하게도 씹어
댔다.

“야, 너희들 영광으로 알아라. 우리 회장님이 한때는 전국구
에다 일본까지 휘어잡던 주먹이셨거든. 지금이야 뜻한 바 있

어 글로벌 장애인들의 권익을 위해 투쟁하고 계시지만……."

글로벌 장애인을 위해? 개가 풀 뜯어먹는 소리를 하고 있다.

"그나저나 오늘 다시 입금된 성금은 얼마냐?"

"3장 반입니다. 도명재 부회장 새끼만 아니면 4장은 채우는 건데……."

'도명재?'

"저기 혹시… 그 사회복지가 도명재 씨입니까?"

길모가 조심스레 끼어들었다.

"그 새끼도 여기 오나?"

총장이 인상을 구기며 물었다.

"아닙니다. 좋은 일 하신다고 들어본 이름이라……."

"좋은 일 좋아하네. 그 새끼 누가 키워줬는데? 다 여기 우리 회장님 그늘에서 큰 거야. 말이야 바른말이지 우리 회장님 안 계시면 전국 장애인들 다 굶어죽는다고. 안 그렇습니까?"

"거 뭐… 낯뜨겁게스리……."

"아닙니다. 작년에 세운 장애인 기업도 그렇지 않습니까? 편안하게 일할 자리 만들어주니까, 뭐? 월급이 작네, 복지가 안 좋네. 나 참, 회장님 아니면 집구석에서 인간 대접도 못 받을 것들이……."

'이런 개념을 대장균에 말아 처먹은 개×× 같은 놈들을 봤나?'

듣고 있던 길모의 얼굴이 확 구겨졌다. 이유는 두 가지였다. 존경하는 도명재를 까는 것도 그렇거니와 며칠 전 뉴스에도 나온 장애인 착취 회사들. 그걸 일자리라고 목에 힘을 주고 다니다니.

"들어온 쩐은 잘 챙겨두었지?"

"그럼요. 사무실 금고에 차곡차곡 넣어두었습니다."

'금고!'

바로 눈이 둥그레지는 길모.

기다리던 한 단어가 길모의 귀를 밀고 들어왔다.

"내일 꺼내서 여기저기 통장에 찢어놔. 앞으로도 거마비 쓸 일 많으니까."

"그러지요. 혹시라도 도명재가 들으면 복지원 애들 난방비나 식비로 쓰라고 핏대를 올릴지도 모르니까요."

"미친놈. 그깟 장애인 놈들이야 아무 데서나 자면 좀 어때? 어차피 내가 다 먹여 살리는 놈들인데."

길모는 그쯤에서 룸을 나왔다. 차마 더 들을 수가 없었다. 힘없고 약한 자들을 팔아 돈을 착복하는 부패한 인간들. 하마터면 테이블을 엎어버릴 뻔한 길모였다.

양주 한 병을 더 들여보낸 길모는 총장이 원하는 2차까지 주선해 주었다. 그것도 스페셜 오더로.

총장은 현찰로 계산을 했다.

당연히 짐작하고 있었다. 구린 돈을 만지는 인간들은 현찰을 좋아한다. 그래야 증거가 남지 않기 때문이었다. 총장은 2,480,000원을 계산하면서 잔전(殘錢) 짜투리 2만 원까지 알뜰하게 챙겼다. 텐프로에서 2만 원을 받아가다니. 참으로 오랜만에 보는 국대급 진상이었다.

부슬부슬!

비는 아직도 그치지 않았다.

"장호야!"

구석에서 누군가와 통화를 마친 길모가 장호를 불렀다.

[네?]

"오토바이 대기시켜라."

[지금요?]

"오냐!"

묵직하게 대답했다. 오 양에게는 손님들 음료수 준비한다는 핑계를 대고 오토바이에 올랐다.

"여기로 간다."

길모는 핸들을 잡은 장호에게 회장의 명함을 내밀었다. 사무실은 오토바이로 5분 남짓한 곳에 있었다.

[형?]

"몰아, 시키야!"

한마디를 내뱉고 헬멧을 눌러쓰는 길모.

"그놈은 불쌍한 장애인들을 팔아 제 배를 불리는 악마야."

길모의 뇌리 속에 도명재의 통화음이 맴돌았다. 느닷없이 튀어나온 도명재라는 이름. 늦었지만 확인이 필요했다. 통화를 마친 길모는 결단을 내렸다.

부패한 인간의 금고.

탈탈 털어야 한다.

생각이 정해지자 오른손의 울림은 더욱 커졌다.

'이건 나에게 주어진 사명이야.'

울림이 느낌으로 전해왔다.

길모는 그 사명을 숭고하게 받아들이기로 했다.

*　　　*　　　*

[완전 허름한데요?]

쉿!

협회 건물에 도착한 길모는 콧김을 뿜었다.

건물은 1층짜리 창고형이었다. 허름하기 짝이 없다. 딴에는 장애인협회 건물다웠다. 동정의 여지가 있는 것이다. 한마디로 지능적인 인간들이었다.

길모의 눈에 출입구를 막은 셔터가 보였다. 거길 비추는 CCTV 카메라에는 살포시 락카칠 샤워로 쉬게 해주었다. 남은 건 셔터에 달린 구식 자물통뿐이었다.

"야, 누가 오면 방울 흔들어라."

길모는 낮은 휘파람을 불며 유유히 셔터로 접근했다.

'어디 보자?'

자물통에 철사를 쑤셔 넣었다. 자물통은 큰 저항 없이 두 손을 들었다.

드르륵!

셔터는 조금만 들어올렸다. 괜히 용쓸 필요도 없는 일이었다.

후웅!

셔터를 통과하자 손에 반응이 왔다. 회장실 쪽이었다.

'회장실이라?'

길모는 핸드폰 불빛을 등불 삼아 복도를 걸었다.

'여기로군.'

복도 가운데 서자 사무실 간판이 보였다.

'이 정도야……'

했지만 키가 좀 달랐다. 겉보기에는 디지털 도어락 같은데 번호 대신 열쇠 구멍이 있는 것이다. 길모는 일단 철사를 꽂았다. 열리지 않았다.

'뭐야?'

다시 집중하며 도어락을 주시했다. 철사가 들어갔다. 변화가 없다. 자세히 집중하자 답이 보였다. 말하자면 나름 특수키에 속한 놈이었다.

'키가 먹히는 가운데 부분……'

그 부분에 철사를 대고 누르자 내부 중심 부분이 한 바퀴 돌아갔다. 그런 다음에야 딸깍 잠금장치가 해제되었다.

'구린 놈들은 다르다니까.'

길모는 사무실 안으로 들어섰다. 벽에는 기념사진들이 많았다. 계속 나아가 안쪽의 회장실 앞에 닿았다.

후웅!

얌전하던 오른손이 째끈 달아오르는 느낌이 왔다. 금고에 반응하는 것이다.

회장실 문은 쉬웠다. 보통 문이라 철사를 찌르기 무섭게 열려 버렸다.

"……!"

금고!

두근!

느낌이 왔다.

후웅!

떨림도 강해졌다. 길모는 저 심연 안에서 피어오르는 에너지를 느꼈다. 에너지는 단숨에 눈과 손끝으로 퍼졌다. 내 눈이 아니고 내 손이 아닌 듯한 느낌. 그러면서도 괴이한 힘이 길모의 등을 미는 것 같은 신묘한 이끌림. 열어라, 손은 쉴 새 없이 길모를 다그치고 있었다. 길모는 후끈 달아오르는 오른손을 진정시키며 다가섰다.

'도플갱어…….'

금고를 마주보며 윤호영을 생각했다.

그는 대체 어떤 인간이었을까? 열쇠의 신이자 관상의 신이라도 되었던 걸까? 본능적으로 보고, 따버리는 능력을 생각하면 그게 옳을 것 같았다.

후웅!

다시 손이 울림을 내자 길모는 잡다한 생각을 접고 금고 앞에 한쪽 무릎을 꿇었다.

강수악의 금고도 신형은 아니었다. 보기만 그럴듯하지 기노겁의 금고보다도 단순한 구조였다. 하지만 빗장은 살짝 특수했다. 그건 각도를 맞춰야 열리는 판 열쇠가 필요한 것이었다.

'45도.'

그렇다고 큰 문제가 되지 않았다. 자물쇠 구멍 안에서 각도를 볼 수 있었기 때문이었다.

철컥!

빗장 쪽의 자물통은 가볍게 통과했다. 길모는 침을 넘기며 다이얼을 잡았다.

'보여라!'

깊은 날숨을 쉬며 집중했다. 그러자 다이얼 안에서 연기가 피어나나 싶더니 바로 수정처럼 투명하게 변하며 기어 장치를 보여주었다.

나이쓰!

쾌재가 절로 나왔다.

'좌로 40, 우로 25······.'

철컹!

번호는 의외로 단순했다. 길모는 그 번호가 어떤 의미인지 알았다. 바로 회장 차의 번호판이었다.

'븅신! 차라리 36—24—36으로 하든가.'

살짝 비웃어주며 금고 문을 열었다.

'크헉!'

비밀의 문이 열리자 비명 같은 신음이 터져 나왔다. 금고 안에는 현금이 수북했다.

돈!

돈이었다.

부패하고 눈먼 돈이 냄새를 확 풍겨왔다. 장애인들에게 돌아갈 몫을 착복한 돈. 돈들이 파닥파닥 날갯짓을 하는 것 같았다. 자기들을 원래 주인에게 보내달라고.

나머지는 각종 서류들. 헝겊 가방에 쑤셔 넣으니 현금은 대략 3억 2천만 원이었다. 그제야 후끈하던 손의 울림이 사라졌다. 마치 갈증을 채운 느낌이었다.

'이 개자식아. 이 돈은 이 홍길모 님이 접수하마.'

가방을 챙겨 일어서려던 길모는 뭔가 허전한 걸 느꼈다. 구석을 보니 가래침이 흥건한 쓰레기통이 보였다. 그걸 집어다가 돈이 있던 자리에 쏟았다. 냄새는 끝내줬다.

그제야 뿌듯함을 느낀 길모가 가방을 집어 들었다. 그리고 다시 사무실 문 쪽으로 나올 때였다. 창밖에서 오토바이의 불빛이 미친 듯이 번쩍거렸다.

'아, 그런데 저 새끼가!'

발끈한 길모는 창밖을 향해 소리를 지르려다가 입을 막았다. 총장이었다. 웬일로 그 인간의 차가 도착한 것이다.

―형, 셔터는 내가 일단 조치했는데 어쩌지?

장호에게서 문자가 들어왔다. 그 사이에 총장이 비틀거리며 세단에서 내렸다. 일행도 두 사람이 더 있었다. 그들은 셔터 쪽으로 다가왔다.

'들어올 모양인데?'

낭패였다.

복도 하나로 이어진 일자 구조. 창은 든든한 방호 창살.

'씨발!'

길모는 머리를 굴렸다. 들키지 않으려면? 길모는 용량이 그리 넉넉하지 않은 머리를 마구 돌리기 시작했다.

"끙!"

총장과 함께 온 남자 하나가 셔터를 올렸다.

드르륵!

둔탁한 소리와 함께 셔터가 올라갔다.

"거, 힘 좀 써. 요즘 등산까지 다닌다면서 왜 그 모양이야?"

아직도 취기가 가득한 총장이 소리쳤다. 셔터가 3분의 2 정도 올라가자 그들은 안으로 들어섰다.

"아, 기름칠 때가 되었나? 존나 빡빡하네."

셔터를 올린 사내는 안으로 들어가며 구시렁거렸다.

"……!"

담벼락 뒤에 몸을 숨긴 장호는 사색이 된 지 오래였다. 오직 하나의 출입구로 이루어진 건물. 그 안에서 세 명의 남자와 마주치게 될 길모. 생각만 해도 귀에 경찰차 사이렌이 울리는 것 같았다.

탁!

짧은 소리와 함께 사무실에 불이 켜졌다.

'아, 씨발……'

장호의 입에서 욕이 저절로 나왔다. 꼼짝없이 잡히고 말 판이었다.

그런데!

바로 그 순간 셔터 위에서 가방이 툭 하고 떨어졌다. 이어서 길모가 사뿐 내려섰다.

[형?]

"오토바이는?"

[여기요.]

장호가 담벼락 옆을 가리켰다.

"가자!"

길모가 뒤에 올라앉자 장호는 부드럽게 핸들을 당겼다.

"크하하핫!"

장애인협회 건물이 멀어지자 길모는 세상이 떠나가라 웃었다.

[어떻게 된 거예요? 놀라서 죽는 죽 알았잖아요?]

장호가 울상을 하며 물었다.

"시캬, 내가 누구냐? 그렇게 쉽게 들킬 것 같아?"

[형, 설마?]

"그래, 인마. 파쿠르는 괜히 배운 줄 아냐? 그 새끼들이 들어올 때 셔터 안쪽에 찰싹 붙어 있었다. 그런 다음 그 새끼들이 안으로 들어갔을 때 내려온 거야."

[어휴, 난 그것도 모르고…….]

"밟아라. 기분 좋은 밤이다."

[털었어요?]

"물론이지!"

길모는 씨익 웃으며 가방을 들어 보였다.

[그게 다 돈이에요?]

"그래. 금고 안에서는 썩은 돈이었지만 이제부터는 향기롭고 착한 돈이 될 거다."

[이번 건 우리가 쓰는 건가요?]

퍽!

수화가 끝나기도 전에 돈 가방이 장호의 머리통을 후려갈겼다.

"시캬, 우리가 도둑놈이냐? 원래 임자에게 돌려줘야지."

[임자면 그 양아치 회장 새끼요?]

"미친놈아, 그놈이 왜 주인이야? 그놈이 삥 뜯어온 장애인들이 주인이지."

길모는 빽액 들어 올렸던 목소리를 다시 내려놓았다. 어느새 가게가 코앞이었다.

─착취당한 장애인들의 복지를 위해 써주시기 바랍니다.

길모는 쪽지를 프린터로 뽑았다.

'뽀대 안 나네.'

종이를 구겨 버렸다. 뭔가 좀 그럴 듯한 문구가 있으면 하는 것이다.

홍길동! 임꺽정! 장길산!

윤호영의 방에서 나온 책을 생각했다. 돌아보면 정말 굉장한 인간 윤호영. 그는 어떻게 이런 신기의 재주를 갖게 되었을까? 책의 이름을 이리저리 섞어보던 길모는 무릎을 쳤다.

짱가!

다른 사람의 이름 따위가 무슨 소용일까?

길모는 짱가 노래를 좋아했다.

어디선가 누군가에~ 무슨 일이 생기면~

'짜라짜라짜라 짱가 짱가~'

어릴 때 그 노래를 들으며 얼마나 듬직했던가. 누군가 나를 도와주는 사람이 있다면? 내가 어려울 때 달려와 주는 사람이 있다면? 그처럼 든든한 일도 없을 것 같았다.

홍길동이니 임꺽정이니 장길산이니……

모두 의인임에는 틀림없지만 그래도 길모는 짱가가 좋았다. 유치하다고? 흥. 길모는 콧방귀를 뀌었다. 룸싸롱 웨이터가 좀 유치한들 누가 뭐랄 것인가?

'좋아. 짱가로 간다.'

길모는 쪽지의 마지막에 짱가라는 글자를 쳤다. 그리고 다시 출력 명령을 내렸다.

—착취당한 장애인들의 복지를 위해 써주시기 바랍니다. 짱가!

'폼 나네.'

길모는 쌔액 미소를 머금었다.

"얌마, 그 새끼 불러라."

준비가 끝나자 길모는 장호를 향해 빼액 소리를 질렀다.

[윤표요?]

"그래. 그 자식 믿을 만하지?"

[그거야 두말하면 잔소리죠. 내 방울 친구인데.]

"불러. 심부름 좀 시키게."

[알았어요.]

장호의 손이 키보드 위를 날아다녔다.

오토바이 소리가 들리는 건 그리 오랜 시간이 걸리지 않았다. 퀵 서비스를 전문으로 하는 윤표는 장호의 오랜 친구였다.

"이거 이 주소로 좀 부탁한다."

길모가 두툼한 가방과 함께 20만 원을 내밀었다.

"그냥 배달만 하면 되는 거죠?"

윤표의 헬멧 안에서 긴 머리가 엿보였다.

"그래. 틀림없이 전하기만 하면 돼. 보낸 사람이 나라는 말은 절대 하지 말고."

"오케이, 다녀올게요."

윤표의 오토바이가 굉음을 내며 출발했다.

[이제 우리도 퇴근해야죠?]

"잠깐 들릴 데가 있다."

[어디요?]

"아까 다녀온 곳."

길모의 시선이 장애인협회 건물이 있는 쪽으로 향했다.

[거길 왜 가요? 그러다 괜히…….]

"그냥 한 번 확인해 보고 싶어서 그래. 짜샤!"

[경찰 와 있으면 어쩌려고…….]

"쫄았냐?"

[쳇, 쫄기는 누가 쫄아요. 알았으니까 타요.]

바당바다당!

장호의 오토바이가 앞바퀴를 들며 튀어나갔다. 장호의 등 뒤에서 길모는 생각했다. 신고를 했을까? 아니면 그냥 넘어갔을까?

몇 번이고 검색을 해보았지만 장애인협회 금고가 털렸다는 뉴스는 나오지 않았다. 하지만 그것만으로는 알 수 없었다. 아직 시간이 얼마 지나지 않았다. 그러니 수사에 따라 늦게 발표될 수도 있는 일이었다.

오토바이는 장애인 협회 건물이 정면으로 보이는 길가에 멈췄다. 차는 두 대가 보였다. 회장의 세단과 총장의 세단.

와장창!

몇 분이 흘렀을까? 사무실 안에서 집기 부서지는 소리가 들렸다.

[무슨 일일까요?]

"그걸 내가 알면 신이지 인간이냐?"

길모는 장호의 머리를 쥐어박았다.

잠시 후에 회장이 씩씩거리며 나오는 게 보였다. 그 뒤로 사색이 된 총장이 허겁지겁 달려 나왔다. 그는 차에 오르려는 회장을 잡고 매달렸다. 그러자 회장이 트렁크에서 골프채를 뽑아 들었다.

퍽퍽!

회장은 드라이브를 날리듯 총장을 후려 팼다. 그래도 총장
은 피하지 않았다. 피가 몇 번 튀고서야 회장의 분노는 끝났
다. 그의 차가 가버린 것이다.

신고하지 않았다.

본능적인 감이 왔다.

경찰에 신고했다면 이런 풍경이 나올 리가 없었다. 금고 안
의 돈은 구린 돈이었다. 그러니 신고하지 못한 것이다. 신고하
면 돈의 출처를 증명해야 하는데 그렇게 되면 자기들의 부패
가 들통 날 판.

빙고!

길모는 주먹을 불끈 쥐었다.

"야, 거기도 다시 가보자."

[어디요?]

"기광철네 집!"

오토바이는 다시 도로를 폭주했다.

[저거 좀 봐요.]

저택 앞에서 장호가 수화를 그렸다. 길모의 눈이 재빨리 돌
아갔다. 담장 아래에서 클로즈업되는 최고급 페라리. 방금 전
에 나온 듯 반짝반짝 광채가 배어나왔다.

[새 차 뽑았나 봐요.]

"그러네."

새 차.

그렇다면 기광철 역시 신고는커녕 금고 안의 돈 일부가 사라진 걸 모른다는 반증. 순간 길모의 오른손에 설렘처럼 떨림이 스쳐 갔다.

이 사인!

길모는 생각했다. 두 금고 앞에서 홍홍 몸살을 앓던 사인. 이제 보니 털어야 할 금고임을 알려주는 센서인 것도 같았다.

'그러니까……'

길모는 오른손을 바라보며 중얼거렸다.

'이 사인이 들어오는 인간의 금고는 털어도 된다는 것?

바닥에서 올라오는 이 뿌듯함.

갑자기 만복약국 앞에 선 것처럼 마음이 편해졌다.

*   *   *

한잠 자고 일어났지만 금고털이 뉴스는 들리지 않았다. 길모의 짐작은 빗나가지 않았다. 장애인협회 회장이 신고하지 않은 것이다.

[형, 진짜 신기하네요.]

김밥을 사온 장호가 수화를 던졌다.

"뭐가?"

[금고 주인들 말이에요. 몇 억씩 털었는데도 신고하지 않잖아요.]

"구린 돈이잖냐. 그거 신고하면 돈의 출처를 말해야 할 테니 하는 수 없이 넘어가는 거야."

[하긴, 형이 더 신기하긴 해요. 관상도 척척, 금고나 자물통도 척척……]

"……"

[나도 파타야 한 번 갔다 올까요? 그럼 무슨 재주가 생길 지도 모르잖아요?]

"뒈질래?"

[에이, 형도 이제 말 좀 고쳐요.]

"뭐야?"

[그렇잖아요? 이제 정식 박스 부장님에 관상도사인데 말이 너무 천박해요.]

"이게 진짜!"

길모는 들어 올렸던 주먹을 가만히 내렸다. 장호의 말이 틀린 데가 없는 것이다. 이건 어제오늘 들은 말도 아니었다.

욱하는 성격 때문에 놓친 손님도 많았다. 물론 생떼 양아치 진상 손님이나 동네 건달들 쫓아낼 때는 도움이 되었지만 이제 길모는 진상 처리 담당이 아닌 것이다.

밤의 연주자!

길모가 웨이터에 발을 들여놓은 계기는 그 한마디였다. 어둠이 내리면 도시민들은 불빛 아래로 몰려든다. 그 불빛 아래에서 사람들의 스트레스 해소와 휴식, 그리고 재충전을 관장하는 밤의 연주자. 이 얼마나 멋진 직업인가?

길모도 그런 웨이터가 되고 싶었다. 단순히 술을 팔고 여자나 안겨서 돈을 버는 게 아니라 짧은 시간이나마 손님들에게 활력을 안겨주는 밤의 연주자를 꿈꾸었던 것이다.

나이트클럽을 거쳐 룸싸롱, 이어 강북에서 손꼽히는 카날리아로 자리를 옮겼을 때는 꿈에 가까워지는 듯했다. 수준 높은 손님들을 상대하기 위해 나름 공부도 했다. 주식 책도 읽고 경제 책도 읽고 처세와 인문학 책도 읽었다.

하지만 천성적으로 잘 맞지 않았다. 책은 하나도 재미가 없었고 어려운 말들은 외워지지 않았다. 억지 춘향으로 살자니 오히려 실수만 저질렀다. 어쩌다 외운 용어를 엉뚱하게 써서 손님들에게 핀잔만 산 것이다.

그 끝은 진상 처리 담당 부장이었다. 막장 손님들을 만나면서 길모의 말은 더 거칠어졌다. 세상의 높은 곳에 올랐다가 추락한 인간군상들. 그들은 룸싸롱에서까지 천대받는 신세가 되었음을 알자 안에 눌러둔 성깔이 고스란히 튀어나왔다.

하지만!

이제 길모의 상황은 바뀌었다. 방 사장도 허락했지 않은가? 그러니 투박하고 거친 말투는 저 안드로메다로 쏘아버려야 했다.

거기다 관상도사.

이건 이제 누구도 부정할 수 없는 현실이 되었다. 욕쟁이 할머니네 식당은 들어봤어도 욕쟁이 관상도사는 들어보지 못한 길모였다.

"씨발, 네 말이 맞다."

[저 봐. 또 욕…….]

"미안하다."

[오, 예. 바로 그거예요.]

"내 말투가 그렇게 불량스럽냐?"

[네. 처음에는 안 그랬는데…….]

"처음 언제?"

[형이 나 구해줬을 때요.]

"새끼… 그 얘기는 뭣하러 들추냐?"

[저 봐. 또…….]

"……."

[형, 오늘부터 욕하면 벌금 내세요.]

"벌금?"

[그래야 돈 아까워서 조심하죠. 그리고…….]

"그리고 뭐?"

[약국 류 약사님이 형 욕하는 거 안 좋아할걸요?]

"뒈질래? 여기서 류 약사가 왜 나와?"

[좋아하잖아요?]

"샷 더 마우스. 류 약사는 나하고 차원이 다른 사람이야."

[언제는 여자는 벗겨놓으면 다 똑같다더니?]

"야!"

[알았어요. 아무튼 벌금이에요.]

"좋다!"

[정말이죠?]

"그래. 욕 한 번에 만 원 빵이다."

[그나저나 난 불만 있어요.]

"무슨 불만?"

[어제 그 돈 말이에요. 어차피 형도 고생했는데 조금 빼서 가불이라도 갚지.]

"새… 사람 쪽팔리게 왜 그래?"

길모는 새끼라고 하려다 뒷말을 삼키고는 점잖은 척 말을 이었다.

[어차피 눈먼 돈인데 좀 쓰면 어때요?]

"장호야!"

나지막이 깔리는 길모의 목소리. 너무 진지했던 탓일까? 장호조차 생소한 듯 눈을 꿈뻑거렸다.

"너, 예전에 내가 손님 지갑 주었을 때 몇 장 꺼내고 돌려주려 하니까 말린 적 있지?"

[네.]

"왜 그랬냐?"

[그거야 기왕 착한 일 하려면 제대로 해야지 일부 챙기고 주면 죽도 아니고 밥도 아니고…….]

"바로 그거다."

[형.]

"조금만 기다려라. 나도 내 변화에 적응할 시간이 필요해. 계속 이런 일이 이어지면 그때 다시 생각해 보자. 룸도 조금씩

나아지고 있잖냐?"

[알았어요.]

"고맙다. 이해해 줘서."

[형, 그거 알아요?]

"뭐?"

[요즘 형이 왠지 무척 멋지게 보인다는 거.]

"짜식, 나야 원래부터 멋지지 않았냐? 그동안 너무 밑바닥 기어서 그랬지."

길모는 장호의 머리카락을 마구 비벼주었다. 정말이지 왜 이럴까? 내일이 기대된다는 말은 결코 헛된 게 아니었다.

그렇게 지긋지긋하고 정나미 떨어지던 밤 문화와 카날리아 1번 룸. 그런데 지금은 달랐다. 마음이 자꾸만 그곳으로 향하고 있는 것이다. 이제 1번 룸은 더 이상 좌절과 무능함의 상징이 아니었다.

애주가에겐 술의 즐거움을.

비즈니스맨들에겐 계약의 기쁨을.

쾌락을 원하면 원나잇의 짜릿함을.

그리고 부패하고 더러운 돈으로 치부(致富)하는 인간들에겐 금고가 털리는 아찔함을.

이 모든 것이 바로 길모의 1번 룸에서 피고 졌으면 하는 바람.

길모는 오랫동안 잊어버렸던 프로페셔널 웨이터 정신을 새록새록 피우기 시작했다. 변한 건 3항에 대한 바람이 4항으로 교체된 것뿐이었다.

　　　　　*　　　*　　　*

"형님!"

청소를 마친 길모가 출근길의 서 부장을 불렀다.

"왜?"

"저기 혹시 형님 보는 책 중에 남는 거 있으면 좀 빌려주세요."

"책?"

"그 있잖습니까? 비지니스 매너니 성공하는 화술이니 하는 거……."

"홍 부장이 보게?"

"네. 저도 공부 좀 하려고요."

"웬일이야? 전에는 보라고 해도 싫다더니."

"저도 주제에 정식 박스인데 이제 좀 변해야죠."

"잘 생각했다."

서 부장은 자기 차의 키를 던져 주며 말을 이었다.

"트렁크에 있을 거야. 난 다 읽은 거니까 마음에 드는 대로 꺼내서 가져."

"그래도 됩니까?"

"그럼. 다 가져도 된다."

서 부장은 화끈하게 허락해 주었다.

'워매!'

책은 많기도 했다.

'이렇게 공부해 대니 이 불황에도 살아남지……'

솔직히 존경스러웠다. 게다가 폼으로 사둔 책도 아니었다. 문장마다 밑줄이 그어졌는가 하면 어떤 곳에는 빨간 줄도 가 있었다. 한 줄 한 줄 꼼꼼하게 읽었다는 의미였다.

장르도 다양했다. 베스트셀러 소설이 있는 가하면 중국 시장에 관한 것도 있고, 심지어는 향수에 관한 책도 있었다. 이러니 어떤 화제가 떠올라도 손님들과 대화가 가능했던 것이다.

'연봉 1억 웨이터 그냥 하는 게 아니었구나.'

노력하는 건 알았지만 실상의 일단을 들여다보니 질릴 정도인 서 부장. 길모는 결심을 다졌다.

밤의 연주자.

그건 그냥 입으로 되는 게 아니었다.

1번 룸으로 들어선 길모는 도명재에게 전화를 걸었다. 돈에 대해 공치사를 하려는 건 아니었다. 그냥 잘 받은 건지 궁금했을 뿐이다.

"원장님, 저 길모입니다."

도명재는 길모를 반갑게 맞아주었다.

─웬일이냐? 몸은 건강하고?

웨이터로 일하는 길모를 늘 염려하던 도 원장. 그는 지금이라도 길모가 다른 건전(?)한 직업을 갖기를 권하고 있었다.

"어제 꿈을 꾸었는데 원장님이 보여서요."

─어이쿠, 그래? 나야 잘 있으니까 너만 건강하면 된다.

"저야 가진 게 몸뚱아리뿐인데요, 뭐."

―무슨 소리냐? 저번에 태국에서 사고 난 거 생각하면 아직 도 아찔한데…….

"그 일로 깨달은 게 많습니다."

도명재는 그 사고를 나중에야 알았다. 장애아들을 데리고 한라산 등반에 나서고 있었기 때문이었다. 그가 뉴스를 들었 을 때는 길모가 퇴원한 후였다. 그래서 전화로만 안부를 체크 했던 그였다.

"혹시 뭐 좋은 일 없었습니까? 제 꿈에 원장님한테 금덩어 리가 떨어지길래……."

―그렇잖아도 하느님이 돈뭉치를 보내셨는데, 그게 네가 현 몽한 덕분이었구나.

"정말요?"

길모를 시치미를 떼고 물었다.

―그래. 살다보니 이런 일도 있구나.

"잘됐네요. 그럼 다음에 또 연락드리겠습니다."

―알았다. 술 너무 많이 마시지 말고 언제 한 번 오거라.

"네!"

길모는 통화종료 버튼을 눌렀다. 동시에 가슴을 차고 오르 는 뿌듯함을 느꼈다.

"홍 부장!"

잔뜩 고양되어 있을 때 서 부장이 문을 열고 들어왔다.

"형님……."

"야, 너 오늘 정신 좀 바짝 차려야겠다."

"왜요?"

"이 실장님 있잖아? 그 양반이 오신단다."

"저번에 죽다 살은 광고회사 이사님요?"

"그래."

"또 관상 봐드려요?"

"그게 아니고 그 양반이 보은 매상을 올려주러 오신단다."

"이야, 형님은 좋겠네."

"이 친구야, 실장님이 자네 룸에 들어가고 싶으시다는 거야."

"……!"

길모는 귀를 의심했다. 서 부장의 화수분으로 불리는 굴지의 광고회사 실세 이 실장. 그런데 서 부장이 아니고 길모 지명이라니?

"자네 덕분에 목숨 구하셨다며 나한테 양해를 구했어. 아마 손님 모시고 올 것 같으니까 실수하지 않도록 해."

"형님……."

"괜찮아. 손님이 원하는 데야 어쩌겠어? 뭔가 좋은 일 있을 것 같으니까 실력 발휘해서 매상 좀 팍 올려봐."

서 부장은 길모의 등을 한 번 두드려 주고 룸을 나갔다.

이 실장!

한 번 왔다 하면 천만 원 매상도 주저하지 않는 큰손. 그런 사람이 길모를 지명했다. 찌질하게 진상 처리나 하던 홍길모의 룸에도 이제 완연한 봄이 오는 것일까?

"야, 장호야!"

후끈 달아오른 길모는 복도를 향해 버럭 소리를 질렀다.

이 실장.

그의 이름은 이만길이었다. 품위 있고 기품 넘치는 광고 대기업의 실세 이사. 그는 괴상한 손님 하나를 대동하고 들어섰다.

"어섭서!"

보조 웨이터들의 합창에 이어 길모와 서 부장도 인사를 했다.

"이어, 서 부장, 홍 부장!"

이 실장은 서 부장이 아니라 길모의 손을 먼저 잡았다. 생명의 은인에 대한 예우였다.

"이거 미안하게 되었네."

이 실장이 서 부장에게 인사를 건넸다. 단골로서 다른 웨이터를 택한 예의였다.

"뭐하나? 실장님 안 모시고?"

편편치 않은 마음에 우물거릴 때 서 부장이 길모의 등을 밀었다. 그제야 길모는 1번 룸의 문을 열었다.

"어이쿠, 이 룸은 처음 와보는군."

이 실장이 원목 실내를 보며 웃었다. 예의상 하는 말은 아닌 것 같았다.

"원래 VIP 손님들은 대개 7번 룸에 모시고 있으니 오실 기회가 없었을 겁니다."

길모는 공손히 대답했다. 그동안 찌질한 진상 처리만 주로 하다가 제대로 된 손님을 모시니 룸싸롱 웨이터 첫날처럼 긴장이 되었다.

"지난번에는 정말 고마웠네. 따로 인사라도 해야 했는데 우리 김 실장 챙기랴, 새 계약 건 검토하랴 시간이 없었어."

"별말씀을… 편하게 술 한잔하러 오신 분들께 불길한 말씀을 드려야 해서 마음이 편치 않았습니다."

"무슨 말인가? 덕분에 살았는데."

"좋게 봐주시니 감사합니다."

"실은 말이야 우리 백 거사도 관상을 좀 본다네."

"……?"

고개를 조아리던 길모의 머리에 날카로운 긴장감이 스쳐 갔다. 관상쟁이라고?

"그렇잖아도 여기서 생긴 일을 말했더니 큰 액운을 넘겼다고 하더군. 그 술을 마셨으면 진짜 황천으로 갔을지도 모른다고."

"예……."

대답하면서 길모는 힐끔 이 실장의 동행자를 바라보았다.

'무념무상…….'

50대 중후반의 남자, 얼굴에서 별다른 게 읽히지 않았다.

고수다!

길모의 본능이 마음을 흔들었다. 본래 큰 강은 소리 없는 법이지 않는가.

남자는 딱 한 번 길모를 바라보았다. 약간 눈빛이 흔들렸지만 그것으로 끝이었다.

"아무튼 오늘은 내가 상의도 좀 할 겸 마음 놓고 신세 갚으러 왔으니 홍 부장 내키는 대로 술 세팅하게나. 아가씨도 물론!"

이 실장은 길모에게 전권을 넘겨주었다.

"따로 지명하시지 않으시고요?"

길모가 되물었다. 늘 민선아를 지명하는 걸 알고 있지만 모르는 척했다. 룸에서는 하나의 원칙이 있다. 동행이 있는 손님은 본인이 내색하지 않는 한 프라이버시를 지켜줘야 한다. 공연히 촐싹거리며 '오늘도 민선아죠?' 했다가는 산통이 깨질 수도 있었다.

"오늘 밤은 홍 부장에게 맡기겠네."

이 실장이 잘라 말했다.

"야, 승아하고 유나, 1번 룸이다."

대기실을 열고 목에 힘을 불끈 줬다. 이 얼마나 폼 나는 일인가? 박스 아가씨들을 부지런히 룸에 쑤셔 넣는 것. 그 또한 웨이터의 능력이었다.

제8장

신기(神技)의 눈

"말을 못 한다?"

승아에 대해 설명하자 이 실장이 고개를 들었다.

"그래도 분위기는 잘 맞춥니다. 마음에 안 드시면 다른 아가 씨를 데려오겠습니다."

길모가 성심껏 해명했다. 손님은 왕이다. 게다가 아가씨는 룸싸롱에서 술만큼이나 중요한 아이템이었다.

"……."

잠시 동안의 침묵이 길모의 애를 태웠지만 이 실장은 군말 없이 승아를 옆자리에 앉혔다.

"뭐, 어차피 아가씨들과의 대화가 주목적은 아니니까."

'휴우~!'

길모 입에서 안도의 숨이 국수 꼬랑지처럼 말려나왔다.

술은 그냥 발렌타인 30년산으로 안겼다. 카운터 오 양이 병당 600만 원짜리 꼬냑을 권했지만 길모는 머리를 저었다. 목숨을 구했다지만 별 노력을 한 건 아니었다. 그러니 그런 이유로 지갑을 강탈하고 싶지 않았다.

"홍 부장, 이번에는 발렌 말고 꼬냑 있지? 그거 쓸 만한 걸로 한 병 가져오고 여기 좀 앉게."

발렌이 바닥나자 이 실장이 먼저 가려운 데를 긁어주었다. 길모는 그제야 반색을 하고 장호를 내보냈다. 룸에서 손님이 가장 멋져 보일 때가 언제일까?

그건 바로 비싼 양주 세팅시킬 때, 장타 때리지 않고 적당한 시간에 일어나 줄 때, 계산 깔끔하게 할 때가 아닌가?

"한 잔 올리겠습니다."

명품 꼬냑이 들어오자 길모가 병을 잡았다. 이 실장은 병을 넘겨받아 길모에게도 한 잔을 채워주었다.

"실은 말일세, 자네 신세도 신세지만 내기를 좀 하러 왔네만."

이 실장이 입가에 은은한 미소가 스쳐 갔다.

"내기요?"

길모가 고개를 드는 사이에 이 실장의 품에서 사진 다섯 장이 나왔다. 전부 외국인들이었다.

"아까 말했다시피 백 거사는 관상전문가일세. 그런데 자네 이야기를 듣더니 조금 회의적이더군. 그렇게 즉흥적으로 관상을 봐서 액운을 막을 수 있는 관상가라면 하늘이 내린 경우만 가능한데, 근대에서는 최고의 관상 대가로 불리는 백운학 선생 정도나 가능하다나?"

'백운학?'

처음 듣는 이름이었다.

"이 친구 첫 인상은 어떤가?"

이 실장이 백 거사를 바라보았다.

"홍 부장이라고 하셨나?"

백 거사가 천천히 입을 열었다. 아련하면서도 틈이 보이지 않는 카리스마. 여전히 보통 기세가 아니었다. 길모는 고수의 포스를 물씬 풍기는 백 거사를 주목했다.

"이마는 녹학당이라 초년운을 말하는데 기세가 약한 것을 보니 부모덕은 없었을 것 같고."

"……"

"십대천라 중에서도 허와천라라, 되는 일 없이 인생을 허비할 상이나 지금은 그 기세가 가라앉고 있어 인생역전을 꿈꿀 시기가 도래했고……."

"……?"

"사학당 중에 관학당이 길고 윤기가 엿보이니 앞으로 인덕은 있을 것이오, 팔학당 중에서도 명수학당이 맑으니 그 또한 인덕이 겹치는 것이라."

'무슨 학당?'

"나아가 내학당이 고르고 바르니 마음 또한 차차 반듯해질 것이오, 육부의 지각이 넓고 통통하니 아랫사람들과 유대가 좋을 것 같군요. 한마디로 시궁창에 빠진 까마귀에 봉황의 심오한 빛이 깃들었으니 이제부터 슬슬 피어날 상으로 보입니다."

"······?"

길모는 내심 비명을 질렀다. 까마귀에 깃든 봉황의 빛. 마치 길모 안으로 들어온 윤호영을 꿰뚫고 있는 것처럼 보였다.

"그래서 내기를 걸었네. 이 내기에 지는 사람이 오늘 술값을 책임지기로 말이야."

멍한 길모의 뇌리에 이 실장의 말이 파고 들어왔다.

"······."

"방법은 간단하네. 여기 오기 전에 해외 글로벌 회사와 광고 계약 수주를 했거든. 이 다섯 회사 중의 하나인데 홍 부장이 맞춰볼 수 있겠나? 참고로 여기 백 거사님은 이미 계약 전부터 맞췄네만. 그리고······."

이 실장의 말이 진지하게 이어졌다.

"홍 부장이 맞추면 보너스도 있네."

'보너스?'

"기분 나빠 하지 말고 그냥 들어주시게. 내가 서 부장의 단골인 건 알고 있겠지?"

"네."

"서 부장에게 물었더니 홍 부장이 가게에 가불이 좀 된다고 하더군. 한 7천가량 된다는데 맞나?"

"…네."

헐, 왜 남의 아픈 데를 찌른담. 길모의 머릿속에 그런 말이 와글거렸지만 내뱉지는 못했다. 사실이 그런 걸 어쩐단 말인가?

"해서 말일세. 액운을 막아준 보답으로 그 가불을 까줄까 했는데 여기 백 거사께서 조언하시길 우연인지 실력인지 확인해 보는 것도 좋겠다고 해서 말일세."

"……?"

"그래서 내기 삼아 보너스를 거는 것일세. 맞추면 가불은 내가 떠안아주겠네."

"……!"

쿵!

길모의 숨소리가 잠시 멈췄다. 팁으로 던지는 7만 원이 아니다. 7백만 원도 아니다. 물론 생명을 구해준 공이 있다지만 술 한 번 팔아주고 그냥 넘겨 버릴 수도 있는 일. 그런데 7천만 원을 걸고 내기를 벌이다니?

관상 궁합!

이 실장의 의미는 그것이었다. 관상을 통해 자신과 궁합이나 사업 운이 맞는 걸 확인하려는 모양이었다.

Test!

동시에 그런 의미가 담겨있다. 진짜 관상전문가를 데려와 길모를 검증하고 있는 것이다.

"험험!"

백 거사가 가벼운 헛기침을 했다. 길모의 귀에는 한 번 맞춰 보시지 하는 소리로 들렸다.

"……!"

당연히 길모는 당황했다. 귀가 솔깃한 7천만 원도 문제지만 그보다 더 기묘한 분위기에 사로잡히는 길모.

이 실장 맞은편에 자리한 관상전문가.

그는 관상에 대해 제대로 공부한 사람이 틀림없었다. 묘한 경쟁심. 그런 게 길모의 가슴에서 슬며시 끓어올랐다. 지가 뭔데? 바로 그런 오기 비슷한…….

'못 할 줄 알아?'

발딱 일어난 오기가 사그라지기 전에 사진을 집어 들었다. 이 순간은 돈보다 자존심의 문제였다.

승아의 눈도, 유나의 눈도 길모에게 쏠려왔다. 길모는 다섯 사진을 뚫어져라 바라보았다.

관상 대결!

그 소리 없는 긴장감이 길모의 어깨를 누르고 들어왔다.

실물도 아니고 사진. 더구나 한국인도 아니고 벽안의 외국인들.

'될까?'

길모는 마른침을 넘기며 사진을 차례차례 집어 들었다.

첫 번째 사진, 외국인지만 귀할 상이다. 그 외는 별다른 느낌이 오지 않았다.

두 번째 사진, 대기만성형이다. 그러나 백인은 백인일 뿐이다.

세 번째 사진, 역시 대동소이했다.

네 번째, 다섯 번째……

길모는 앞자리에 앉은 승아를 바라보았다. 승아의 운은 슬슬 상승세를 그리고 있다. 얼굴 각 부분으로 번지는 활기가 그렇다. 이 실장도 마찬가지다. 그의 운은 오늘보다 내일이 더 좋을 상이다. 길모는 다시 사진으로 시선을 돌렸다.

'사진으로는 안 되는 건가?'

싶을 때 사진에 얼비치는 빛이 보였다. 세 번째 사진이었다. 하지만 살포시 내려놓았다. 그건 상승운이 아니라 하강운에 가까웠다. 길모는 다시 첫 번째 사진을 집어 들었다. 세 번째 사진의 얼굴보다는 살짝 흐린 광채. 그럼에도 불구하고 이 실장의 얼굴에 깃든 광채와 같은 계열의 광채였기 때문이었다.

"이분 회사와 계약을 할 거 같습니다."

마음을 정한 길모가 첫 번째 사진을 들어 보였다.

"……!"

사진을 본 이 실장의 시선이 멈췄다. 동시에 백 거사의 입가에 빠른 미소가 스쳐 갔다. 룸 안의 분위기는 마치 시간이 멈춘 것만 같았다.

"이 친구라?"

"네."

"허헛, 이거 아쉽군. 어떻게든 홍 부장을 돕고 싶었는데……"

"……?"

틀렸어? 길모의 눈동자가 출렁 흔들렸다.

"내가 졌어요. 백 거사!"

이 실장이 안타까운 눈빛으로 말을 이어갔다.

"미안하이. 우리에게 광고를 맡기겠다고 한 건 이 친구였다네."

이 실장이 집어든 건 세 번째 사진이었다.

"그것 보십시오. 이 친구에게서 제 스승의 레벨에서나 엿보이던 강기가 살짝 느껴져 놀라긴 했습니다만 관상이라는 게 젊은 나이에 득도할 수 있는 게 아닙니다. 관상 득도란 곧 천기를 아는 것이니."

백 거사는 조용한 말을 던지고는 술잔을 집어 들었다. 그걸 바라보는 승아와 유나의 입에서도 짧은 한숨이 새어 나왔다.

'그럴 리가?'

길모는 고개를 갸웃거렸다. 관상의 이론 따위는 모른다. 하지만 직감이 왔다. 전체적인 얼굴상으로 보아 이 실장과 어울리는 궁합은 첫 번째 사진이 딱이었다. 그렇다고 해도 이 실장이 아니라니 별수 없는 일이었다. 그가 길모를 속일 이유도 없는 것이다.

7천만 원이 날아갔다.

그것도 훨훨!

하지만 그건 별로 아쉽지 않았다. 진짜 아쉬운 건 백 거사를 누르기 못한 것이었다.

길모는 고개를 저으며 복도로 나왔다. 사진이라서 그런 걸까? '그래. 관상은 사람을 직접 보면서 맞추는 거지' 하고 자위해 보지만 기분은 꿀꿀한 쪽으로 치닫고 있었다.

[형, 왜 그래요?]

장호가 다가와 물었다.

"됐어. 새… 아니야. 너 가서 물이나 한 잔 가져와라."

습관처럼 나오는 욕설을 틀어막은 길모가 생수대를 가리켰다. 장호는 바로 물을 대령해 주었다.

물을 마셨다. 그래도 갈증은 가시지 않았다. 무슨 공식 관상 대회도 아니었건만 상한 마음은 여전히 길모의 자존심을 긁어대고 있었다.

그때였다. 1번 룸의 문이 발칵 열리더니 유나가 팔랑팔랑 손짓을 했다.

"홍 부장님, 이 실장님이 좀 오시래요."

'젠장, 왜 또 쪽팔리게 왜 부르고 난리람.'

패배자의 마음에 마지못해 룸에 들어서는 길모.

"홍 부장, 자네 진짜 대단하네."

조금 전과는 달리 이 실장의 목소리는 잔뜩 고조되어 있었다.

"예?"

"방금 미국 지사에서 연락이 왔는데 말이야, 자네 말이 맞았네. 원래 광고를 주기로 한 회사는 일본 쪽으로 돌아서고 자네가 짚은 회사에서 우리에게 오퍼를 던졌다는 거야!"

"……?"

"이야, 이 친구 진짜 대단하네. 최고네, 최고!"

이 실장이 길모를 당겨 어깨를 껴안았다. 그 옆에 앉은 백 거사의 얼굴이 왕창 구겨지는 게 보였다.

대박!

한마디로, 기분 초초초대박이었다.

주대 8,200,000원!

보았는가? 이 위풍당당한 동그라미가 그려진 매상. 머리털 나고 처음으로 올린 500만 원 이상. 4할이라고 해도 자그마치 320만 원이 떨어지는 것이다.

물론 3대 천황에 비하면 여전히 새 발의 피. 게다가 앞으로 는 승아와 유나, 장호 월급까지 책임져야 한다. 그렇다고 해도 웃음이 절로 나왔다.

거기다!

방 사장에게 걸린 가불 7천만 원.

그 또한 이 실장이 방 사장을 직접 불러 뱅킹으로 해결해 주었다. 단 한 방으로!

"홍 부장에게 큰 신세를 졌지 않습니까? 게다가 오늘 계약까지도 관상으로 도와줬으니 앞으로 조언을 받을 수도 있을 터. 복채로 그리 많은 돈은 아니라고 봅니다."

이 실장의 말을 들은 방 사장은 벌린 입을 다물지 못했다.

그저 어색하게 박수를 두어 번 친 것이 그가 한 행동의 전부였다.

짝짝짝!

이 실장이 가게를 나가자 룸에서 나온 부장들과 아가씨, 거기에 방 사장과 주방 이모까지 합세해 박수를 쳐 주었다. 그리고 파쇄식이 이어졌다. 그동안 길모가 썼던 무수한 각서들. 그 족쇄가 찍찍 시원하게 찢겨 날았다.

가불이 날아갔다.

이제 길모는 자유의 몸이 되었다. 무엇보다 가불 때문에 주눅이 들지 않아도 되니 어쩌면 진정한 독립을 이룬 날이기도 했다.

"고맙습니다. 열심히 하겠습니다."

길모는 직원들을 향해 꾸벅 고개를 숙였다. 비굴한 조아림이 아니라 고마움과 당당함이 버무려진 마음에서 우러난 인사였다.

"하아하악!"

화장실에 가서도 웃다웃다 콧물까지 흘리는 길모. 웃음 속에는 길모만의 의미가 있었다. 바로 전문 관상가를 누른 기쁨. 이래저래 그는 이제 더 이상 퇴출 0순위의 찌질한 웨이터가 아니었다.

*   *   *

"아악!"

밤이 깊어갈 때 11번 룸에서 비명이 터졌다. 복도에 나와 있던 길모와 장호가 눈을 돌렸다. 또 어떤 진상이 아가씨들 빤쓰라도 강제로 벗긴 것일까?

"부장님, 이 부장님!"

11번 룸에서 정윤미가 뛰어나왔다. 아무래도 사고가 제대로 터진 모양이었다.

"무슨 일이야?"

그 옆 룸에서 나온 이 부장이 물었다.

"창해가… 창해가……."

윤미는 룸 안을 가리키며 말을 제대로 잇지 못했다. 길모도 그쪽으로 걸음을 옮겼다. 듣기로는 변호사 손님들이 들어간 방. 그렇다고 해도 직업은 믿을 수 없었다. 어떤 때는 양아치들이 재벌 2세 행세를 하기도 하고 의사나 판사도 진상이 되곤 하니까.

이 부장이 천천히 문을 열었다. 길모는 문 앞에서 안을 들여다보았다. 혹시라도 완력이 필요하다면 바로 도움 출격할 생각이었다.

"……?"

하지만 길모는 입을 쩌억 벌리고 말았다. 룸 안에서는 괴이한 일이 벌어지고 있었다.

창해가, 윤창해가 팬티 한 장만 걸친 알몸으로 테이블 위에 올라가 망측한 춤을 추고 있는 게 아닌가?

"내려와."

이 부장이 말했지만 창해는 듣지 않았다. 오히려 그녀의 동작은 하드코어나 하드풀방의 아가씨들처럼 천박한 싸구려 교태로 옮아가고 있었다.

"그만두지 못해!"

보다 못한 이 부장이 창해를 끌어내렸다. 창해에게서 술 냄새가 훅 끼쳐 왔다.

"흑!"

창해는 소파에 얼굴을 묻고 흐느꼈다. 그 사이에 손님 둘이 자리를 털고 일어났다. 이 부장은 뭐라고 토를 달지 못했다. 분위기를 보아하니 손님들이 강제로 벗긴 건 아닌 눈치기 때문이었다.

"오늘따라 창해가 막 마셔대더니 갑자기 옷을 벗어던지고 테이블로……."

윤미의 증언이 그걸 뒷받침해 주었다.

카날리아의 눈이 전부 11번 룸으로 향했다. 안에 든 건 이 부장과 창해였다. 하지만 이 부장은 오래지 않아 문을 열고 나왔다. 그는 아무 말이 없다. 촉각을 곤두세우고 있던 보조 웨이터들과 오 양은 뻘쭘하게 돌아섰다.

룸 안은 요지경이다. 그 안에서 일어나는 일은 무궁무진하다. 최악의 진상을 만나면 그 자리에서 그짓을 하려고 덤비는 인간까지 있는 판이니 다소 불미스러운 일이 있었다고 해도 오래 두고 생각할 일은 아니었다.

다만, 길모는 달랐다. 아무래도 의아했다.

그건 바로 창해라는 아가씨의 이미지 때문이었다.

카날리아에는 모델 뺨치는 아가씨가 10여 명 이상 존재했다. 소위 말하는 골드 사이즈. 이들이 방송국에서 나오면 바로 탤런트로 오인될 정도였다.

이들 중 일부는 수천만 원의 공사비(?)를 들여 에이스의 반열에 오른 소위 아까노끼도 있다. 그럼에도 불구하고 이들은 각기 다른 매력을 뽐내고 있다.

섹시함!

은근함!

애잔함!

모성애!

이들은 팔색조의 매력으로 손님들을 휘어잡고 있다. 보일 듯 말 듯 감춰진 가슴라인과 살짝 드러난 허벅지, 거기에 키스를 부르는 입술과 간드러지는 목소리. 우아한 백옥의 아기 피부에 애간장을 녹이는 눈웃음을 생각해 보라.

복장 또한 이들의 무기에 속한다. 때로는 밀착형 옷으로 몸매 라인만 드러내는가 하면 또 때로는 하늘거리는 실루엣이나 짧은 원피스로 손님의 기호에 맞춰 남심을 흔들어댄다.

그들 중에서도 민선아나 안지영은 화려하다. 이들이 뜨면 마치 영화제의 레드카펫 주인공을 방불케 한다. 그걸 이용해 스타들이 즐겨 입는 드레스를 홀 복으로 애용하기도 한다.

하지만 창해는 이들처럼 화려하지 않았다. 그러나 남자들이 좋아하는 절대 장점을 타고났다.

바로 청순함이었다.

얼굴만 그러냐 하면 행실도 그랬다. 월급은 월급대로, 팁은 팁대로 허투루 낭비하지 않는 아가씨였다. 그뿐이 아니다. 가장 중요한 몸뚱이도 절대 낭비하지 않았다. 한마디로 개념 있는 아가씨라는 것.

'하루 1억!'

한 번은 그런 오더도 들어왔다고 들었다. 이 부장의 단골 큰손이 오기로 배팅을 한 것이다. 하지만 창해는 결국 응하지 않았다. 그 일로 큰손이 발길을 끊었다. 그렇다고 해도 이 부장조차 어쩔 수 없는 일이었다.

사실 다른 에이스들은 배팅이 큰 건에 대해서는 은밀하게 2차에 응하는 경우가 있었다. 때로는 부장들이 손님 관리를 위해 더러 부탁을 하기도 한다. 그렇다고 해도 윤창해만은 그런 유혹에서 무지막지하게 멀었다.

그런 그녀가 알몸으로 댄스를 추다니? 그것도 텐프로에서, 그것도 잘나가는 아가씨 중의 한 명이 말이다.

[속상한 일이 있었나 봐요.]

고개를 갸웃거리는 길모 앞에서 장호가 수화를 날렸다.

"속상한 일?"

[요즘 며칠 표정이 어두웠거든요. 그래서 혹시 부모님이 아프신가 했어요.]

보조들은 대개 아가씨의 사정을 잘 안다. 특히 장호는 그랬다.

"그래?"

길모가 대답할 때 11번 룸이 열렸다. 창해는 한참 후에 나왔다. 옷은 이제 제대로 입은 상태였다. 길모는 입을 딱 다물었다.

"홍 부장님!"

그때였다. 그냥 지나갈 줄 알았던 창해가 길모 옆에서 걸음을 멈췄다.

"나? 나?"

"저랑 얘기 좀 해요."

*　　　*　　　*

"얘기?"

"1번 룸 비었어요?"

창해의 시선이 장호에게 옮겨갔다. 장호는 그렇다는 사인을 보냈다. 창해가 먼저 1번 룸으로 들어갔다.

[형…….]

"씨… 아, 취소. 왜 나지?"

자칫 습관처럼 욕을 하려다 가까스로 참고 장호를 보는 길모.

[글쎄요.]

"내가 뭐 잘못했나?"

고개를 갸웃거려 보지만 그런 건 없었다.

[들어가 봐요.]

"아, 괜히 켕기네."

길모는 호흡을 가다듬고서야 1번 룸의 문을 열었다.

창해는 담배를 피우고 있었다. 그 또한 의외였다. 그녀 역시 많은 룸싸롱 아가씨들처럼 담배를 피우지만 대놓고 피우지는 않았기 때문이었다.

"앉으세요."

길모가 선 채로 바라보자 창해가 자리를 권했다.

"나한테 할 말 있냐?"

"……."

"이 부장님, 곧 예약 손님 올 텐데……."

길모는 말끝을 흐리며 창해 앞자리에 엉덩이를 걸쳤다.

"그게 뭐 대수예요?"

창해의 목소리는 텅 비어 있었다. 그 눈에서 마치 세상을 다 내려놓은 듯한 상실감이 엿보였다.

"……?"

천천히 창해를 바라보던 길모의 눈에 번쩍 불이 들어왔다. 턱 끝이 작고 뾰족한 얼굴. 거기에 눈꼬리 옆에 올라온 미세한 흔적.

"……!"

이어 한 번 더 놀라는 길모. 콧구멍에서 나온 붉은 줄이 엿보이고 법령도 짧았다. 이는 금전을 상실할 운이니 합하면 남자에게 털릴 운이었다.

"너, 남자한테 삔찌 맞고 돈 털렸냐?"

길모가 말하자 입을 열려던 창해도 전율에 휩싸였다.

"어떻게 알았어요?"

"네 관상에 그렇게 나왔잖아?"

"진짜요?"

"그래."

"어머, 어머. 그렇잖아도 그 일 때문에 부장님께 관상 좀 봐 달라고 하려던 참인데."

창해는 손에 든 담배를 재떨이에 문지르며 말을 이었다.

"얼굴에 그렇게 나왔어요? 내가 남자한테 돈 먹히고 차인다고?"

"진짜 차였냐?"

"네······."

"그래서 속상해서 룸에서 난리친 거야?"

"그 손님들이 변호사라잖아요. 나 속이고 단물 빨아먹은 인간도 변호사될 거라고 해서 여태껏 밀어줬는데 얼마면 벗냐고 들이대길래······."

창해가 눈물을 쏟으며 무너졌다.

예쁜 여자의 눈물은 가슴을 아프게 한다. 텐프로 아가씨들의 눈물은 부장들의 마음을 더 아프게 한다. 사실 이들은 얼마 전까지만 해도 꿈 많은 아가씨들이었다.

하고 많은 청춘들 중에서도 빛나는 사이즈와 마스크를 가진 여자들. 다 세상의 주인공이 되고 싶었을 것이다. 더러는 호기심과 재미로 왔다가 눌러앉은 아가씨도 사람도 있지만 대다수는 돈 때문에 텐프로에 캐스팅되고 있다.

월수 3천에 마이낑 1억 보장!

사이즈가 좀 나오면 이런 배팅도 어렵지 않다. 20대의 여자가 월수 3천. 그 돈이면 못 할 게 없었다. 황녀처럼 살 수도 있다.

그러나!

그 이전에 그녀들은 제각각 아름다운 꿈이 있었다. 누구는 연예인이 되고 싶고, 모델이 되고 싶고, 혹은 아나운서가 되고 싶었다. 하지만 그것들은 미모나 몸매만으로 되는 일이 아니다.

한끝 차이로, 혹은 미세한 오차로 꿈에서 밀려나 대리만족의 길에 들어선 텐프로 아가씨들.

그녀들은 보통 네 갈래 길로 걸어갔다.

1) 팍팍 벌어 팍팍 쓴다.
2) 팍팍 벌어 나도 가게 하나 차린다.
3) 실세 실력자 만나 연예계로 진출하는 교두보로 삼는다.
4) 쓸 만한 수컷 골라 취집간다.

이중에서 창해의 길은 마지막 항목이었다.

창해의 사연은 이랬다.

윤창해, 선배를 따라왔던 한 로스쿨 학생에게 꽂히게 되었다. 수수한 용모에 눈망울이 서글서글하고 순박한 청년. 게다가 훤칠한 키를 가져서 첫눈에 호감이 갔다.

다음에 혼자 찾아온 그가 윤창해를 낚았다. 로스쿨 공부만 하다 보니 답답해 미칠 지경이라며 하룻밤만이라도 술 실컷 마시고 공부를 잊고 싶다며 뻐꾸기를 날린 것.

여느 남자들과 달리 말솜씨가 차분한 까닭에 윤창해는 바로 낚이고 말았다. 더구나 부산에서 손꼽히는 재벌급 아버지를 두었다니 귀가 솔깃하지 않을 수 없었다.

두어 번 낮에 데이트를 한 창해는 그에게 홈빡 빠지고 말았다. 그녀가 꿈꾸던 이상형의 남자가 그였던 것이다.

최소한 변호사에 재벌의 아들. 게다가 쿨한 마인드에다 준수한 외모, 그리고 순수한 마음은 덤이었다. 살짝 뒤틀린 인생의 궤적 탓에 텐프로에 왔지만 그녀 역시 우아한 상류 인생을 살고 싶은 열망이 가득한 여자. 소위 행운이 찾아왔다고 생각한 것이다.

그 후로 둘은 남자의 오피스텔에서 만남을 지속해 왔다. 창해가 뜨거워지자 남자가 슬슬 마수를 뻗치기 시작했다.

등록금 부족, 용돈 부족, 각종 실습비와 법 관련 서적 비용.

그때마다 그가 한 말은 전형적인 제비의 수법과 다르지 않았다.

"장학금 받기로 하고 들어왔는데 기말시험 때 병이 나서 시험을 망쳐 장학생 자격을 박탈당했다. 집에는 아버지가 실망할까 봐 차마 사실을 고할 수 없다."

누구나 한 번은 의심할 만한 뻔한 핑계였지만 눈에 콩깍지가 옴팡 쓰인 창해는 오히려 마음이 아플 뿐이었다. 창해는 바로 착한 21세기 춘향이가 되었다.

밤에는 돈을 벌어 남자에게 가져다주었고, 낮에는 몸으로 남자의 향락을 채워주었다. 그러다 남자가 거액을 요구해 왔다.

차 사고를 냈는데 합의를 안 보면 전과가 생기고 그렇게 되면 이미 합격한 로클럭도 물 건너간다는 것. 이때의 핑계도 역시 집에는 알리고 싶지 않다는 것. 아버지의 기대에서 어긋나고 싶지 않다는 게 이유였다.

로클럭이라면 판사가 된 거나 다름없는 일이다. 그 어려운 로클럭에 합격한 마당에 돈 때문에 물거품이 될 수는 없었다. 결국 창해는 합의금 8천만 원을 가져다 바쳤다.

하지만 남자는 결국 변호사 시험에 떨어졌다고 한다. 시험 날 컨디션이 안 좋았다나 뭐라나. 그 후환은 전부 창해에게 돌아왔다. 어디선가 임질까지 옮아온 남자. 그걸 창해 탓으로 돌렸다. 창해에게 임질이 옮는 바람에 시험에 부정이 탔다고 다 그친 것이다.

결국 창해는 단물 쪽 빨아 먹히고 버림을 당했다. 그야말로 1970년대 술집 여자들과 대학생 사이에서 흘러나오던 신파형 순정파가 IT 시대에 재현된 꼴이었다.

"으악, 뭐 그런 개 같은 자식이!"

흥분한 길모의 입에서 욕설이 튀어나왔다.

"나 어떡해요? 그 오빠가 아니면 세상이 다 싫은데……."

창해의 눈에서 눈물이 톡 떨어졌다.

길모는 이럴 때가 가슴 아프다. 아직도 사회적으로 천대받는 물장사. 그러나 술집 아가씨의 순정도 고귀한 것이며 사랑은 더욱더 고귀한 것이다.

"흑!"

창해의 여린 어깨가 한없이 들썩거렸다. 남들에게 손가락질받으면서도 꿋꿋하게 돈을 모은 창해. 웃음을 판 돈을 홀랑 털어 넣은 꼴이었다.

사실 그런 사람이 있다. 기껏 죽어라 돈 벌면 부모나 형제등에 일이 생겨 툭 털어먹는 사람. 어쩌다 목돈 좀 생기면 바로 돈 쓸 일이 생겨 텅 빈 지갑이 되는 사람.

이런 사람들은 일단 법령을 보라. 법령은 코 양쪽으로 내려오는 주름살이다. 이게 짧으면 돈이 새어 나간다. 짧은 눈썹도 마찬가지다. 귀 아래가 좁아도 그렇고 눈썹 끝에 점이 있어도 그렇다.

"로스쿨 다니는 건 맞냐?"

잠시 마음을 가다듬은 길모가 물었다. 이런 놈들은 십중팔구 사기꾼이기 때문이었다.

"잘은 몰라요."

"이런 멍청이. 그런 것도 확인 안 하고 죄다 갖다 바쳤어?"

"꼬치꼬치 확인하면 싫어할까 봐……."

창해가 고개를 떨어뜨렸다.

"경찰에 신고해라."

길모는 웨이터의 경험을 바탕으로 도출한 리얼 정답을 던져 주었다.

"사진이나 좀 봐주세요."

창해는 눈물이 흥건한 손으로 핸드폰 화면을 열어주었다.

'턱이 살짝 구부러진 느낌에 두터우며 허술한 입술……'

그건 바로 은혜를 원수로 갚는 상에, 앤드 음란한 관상까지 보태져 있었다.

"아직도 믿기지 않아요. 혹시 내가 오해하는 건가 싶어서 요. 부장님은 관상 잘 보니까 나하고 결혼할 상인지만 봐줘 요."

참으로 질기고 깊은 사랑의 미련. 그녀는 여전히 진한 미련 을 가지고 있었다.

"결혼 생각했구나?"

"변호사 시험만 패스하면 5월부터 로클럭 출근한다고 해서 그때쯤 가게도 그만두려고 했는데……."

"……."

"아니겠죠? 지금 화가 나니까 그러는 거겠죠? 변호사 시험 은 내년에 또 보면 되거든요. 판사 아니어도 난 괜찮아요."

"윤창해!"

"네?"

"잊어라. 관상을 보아하니 악질에다 여자 밝히는 놈이야. 게다가… 이미 결혼도 한 거 같은데?"

마음이 아프지만 길모는 보이는 대로 말해주었다. 관상으로 봐서도 평생 제 버릇 남 줄 인간이 아니었다.

　"거짓말이죠? 그 사람은 좋은 사람이에요. 지금 시험에 떨어져서 마음이 복잡해서 그럴 거예요."

　"그럼 성병은?"

　"비임균성 같은 건 청바지만 오래 입어도 걸릴 수 있어요. 그런 게 오빠에게 옮아갔을 거예요."

　허얼!

　창해는 평소의 모습과는 달리 너무나 맹목적이었다.

　"오피스텔 자주 갔다며. 뭐 이상한 느낌 같은 거 없었어?"

　"없었어요. 공부할 게 많아 늘 바쁜 거 외에는……."

　"핸드폰은 봤어? 아니면 서랍이나 이메일 같은 거라든지……."

　"그런 건… 그 사람이 자기 사생활 침해하는 거 질색이거든요."

　"당연히 그렇겠지. 구린 게 많은 인간이니까."

　"부장님, 그 사람 그런 사람 아니에요. 자꾸 나쁘게 말하지 마세요."

　"그럼 나하고 내기할래?"

　길모, 탄력받았다.

　"무슨 내기요?"

　"그 인간 지금 어디에 있냐?"

　"서울에 없어요. 아버지 생신이라 부산 갔을 거예요."

"그 인간 오피스텔 열쇠 가지고 있냐?"

"키를 바꿨어요."

"좋아. 그건 문제없으니까 가게 문 닫으면 가보자. 그놈이 사기꾼이라는 거 내가 증명해 줄 테니까."

"그럼 지금 가요. 택시 타면 15분이면 갈 수 있어요."

"야, 윤창해!"

"가요. 나 어차피 오늘 일 못 해요. 나도 그 사람 진심을 확인하고 싶다고요."

"……."

"홍 부장님 일당은 내가 물어 줄게요. 돈 없으면 마이낑이라도 땡겨서 물어 줄 테니까 걱정하지 말아요!"

창해의 눈에서 다시 눈물이 흘러내렸다. 거절할 수가 없었다.

음탕한 바람둥이!

길모는 확신했다. 이런 인간이라면 반드시 '보험'을 들어둔다. 그건 바로 여자들의 사신이나 동영상 같은 것. 그건 나이트클럽에서 전문제비들의 행태를 많이 본 까닭에 알고 있는 일이었다.

이 부장도 창해를 말리지 못했다. 그녀 같은 에이스는 쉽게 득템할 수 있는 여자가 아니었다. 여차하면 카날리아를 때려치울 수도 있는 일. 그러니 요구를 들어주지 않을 수 없었다.

"갔다 와라."

이 부장의 허락이 떨어졌다. 뿐만 아니라 자기 차의 키까지 던져 주었다.

"여기예요."

창해의 걸음이 멈춘 건 말쑥한 최신형 오피스텔의 12층이었다. 문에는 최신형 디지털 도어락이 버티고 있었다.

"어디 보자……."

막 도어락을 잡을 때였다. 비상계단 쪽에서 검은 물체가 모습을 드러냈다. 순찰 중인 경비원이었다.

'젠장!'

길모의 머리카락이 쭈뼛 올라갔다. 아무래도 경비원이 의식되지 않을 수 없었다. 순간, 창해가 길모에게 확 안겨왔다.

"……?"

이어 창해의 입술이 길모의 입술에 닿았다.

"험험!"

경비원은 얼굴을 붉히며 엘리베이터 쪽으로 가버렸다.

"갔어요."

창해 역시 얼굴을 붉히며 길모에게서 떨어졌다.

"큼큼!"

뻘쭘한 분위기 탓에 길모도 헛기침이 나왔다. 에이스와 키스라니? 어쩔 수 없는 상황에 나온 일이지만 그리 나쁘지는 않았다.

띠링!

디지털 도어락은 금세 해제되었다. 커버를 열고 몸체를 만지자 내부회로도로 통하는 잠금장치의 느낌이 전해져 왔다. 비밀번호 자물쇠의 원리는 기본적으로 위와 아래. 아래에서 움직이는 여섯 개의 번호가 반짝거렸다.

그 순서에 따라 번호를 눌렀다. 음탕하게도 666999. 이놈은 쓰리썸 전문인가? 아래 장치가 일렬로 맞춰지자 스프링이 잠금장치를 풀어주었다.

오피스텔은 럭셔리했다. 진품인지는 모르지만 현대미술 액자도 있었고 선글라스와 명품 시계들도 즐비했다. 사전 정보가 없다면 연예인의 집에 들어온 건가 싶을 정도였다.

구석에 법전이나 법학서적도 많았다.

'그래봤자 장식용이겠지.'

주르륵 책을 넘기던 길모는 미간을 구겼다. 장식용이 아니었다. 쪽마다 깨알 같은 글자와 밑줄, 그리고 촘촘한 형광펜의 마킹⋯⋯.

'설마?'

하는 길모의 짐작은 적중했다. 책마다 쓰인 필체가 달랐다. 즉, 여기저기서 책을 수집한 것이다. 제법 치밀한 인간이었다.

법전을 던져 놓고 책상을 뒤졌다. 위쪽 두 서랍에는 별다른 게 없었다. 길모는 잠긴 세 번째 서랍을 가볍게 열었다.

'빙고!'

길모는 쾌재를 불렀다. 일단 눈에 띈 게 콘돔과 비아그라 박스였다. 고맙게도 USB도 있었다.

노트북을 켰다. 하지만 뒤가 구린 놈답게 시작부터 보안이 걸려 있었다.

'노트북?'

될까? 길모는 오른손을 들여다보았다. 일반 자물쇠나 다이얼 잠김 같은 건 막힘없이 뚫어낸 신기의 손. 노트북은 처음이지만 한 번 믿어보기로 했다. 정 안 되면 USB를 가져가서 열어보면 그만이었다.

'어디 보자……'

일단 가볍게 666999를 넣어보았다. 뚫리지 않았다.

'그럼 원래 하던 대로……'

길모는 노트북 키보드 위에 손을 올린 다음 신경을 집중시켰다. 그러자 굉장한 일이 일어났다. 패스워드 칸에 온갖 문자와 기호들이 미친 듯이 명멸하기 시작한 것이다.

F!

첫 칸은 수천의 문자들이 피고 지다가 F에서 멈췄다.

U!

두 번째 칸은 U에서 멈췄다.

다음은 C.

여기까지 오니 그 다음은 안 봐도 알 것 같았다. 패스워드는 민망스럽게도 FUCK이었다.

'어이없는 놈. 수준하고는……'

"열렸어!"

길모는 벽장을 뒤지던 창해를 돌아보았다. 그녀와 함께 동영상 파일을 열었다. 다행히 파일에는 패스워드가 걸려 있지 않았다.

"……!"

첫 동영상에서부터 창해가 입을 막았다. 두 번째, 세 번째 동영상이 나오자 창해의 놀라움은 분노로 변해갔다.

USB도 같은 아이템의 동영상 모음이었다. 다양했다. 이놈은 마치 걸신들린 여자 콜렉터처럼 보였다. 닥치는 대로 안고 품었다. 여고생도 있고 50대의 아줌마도 보였다.

길모는 그쯤에서 마우스에서 손을 떼었다. 더 볼 필요도 없었다.

"내 말이 맞지?"

길모가 천천히 입을 열었다. 바들거리던 창해가 휘청 중심을 잃었다. 길모는 그녀를 부축해 의자에 앉혔다.

"가자. 부산에 간 것도 다 거짓말일 거야. 어쩌면 어디선가 외박을 하고 지금이라도 들어올 수도……."

"나쁜 새끼… 죽여 버릴 거야……."

창해는 부들부들 떨었다. 길모는 노트북에 있는 동영상을 전부 USB 쪽으로 옮겼다. 그런 다음에 파일을 삭제했다. 마지막으로 노트북을 가스레인지 위에 올려놓고 불을 당겼다.

타닥타닥!

노트북 바닥이 타는 소리가 들려왔다. 어느 정도 노트북이 녹아내리자 다시 가져다 책상 위에 올려놓았다. 누가 보면 합선이나 누전 등으로 녹아버린 것으로 보였다.

아쉬운 건, 금고가 없다는 것이었다. 있기만 하면 탈탈 털어서 뛰는 놈 위에 나는 놈이 있음을 보여줄 수도 있는데…….

입맛을 다신 길모는 USB를 창해에게 건네주었다.

"알아서 처리해. 그런데 저기 사진 보니까 창해가 아니더라도 겁난을 당하거나 감옥에 갈 운이야."

길모는 빈 벽에 걸린 남자의 커다란 사진을 바라보았다.

흰자위에 격자와 눈동자의 붉은 선.

그건 운이 어둠의 나락으로 떨어지고 있다는 신호였다.

신새벽, 길모는 1번 룸에서 자축 파티를 벌렸다.

참석자는 물론 길모네 팀원들. 장호와 승아, 그리고 유나였다. 음식과 술은 무한 공짜로 제공되었다. 방 사장이 선심을 베푼 것이다.

"오빠, 진짜 대단했어요. 어떻게 그걸 맞췄어요?"

이 실장과의 관상 대첩을 지켜보았던 유나는 아직도 들뜬 목소리였다.

[나는 처음에 틀린 줄 알고 얼마나 속상했는데요.]

승아도 바삐 수화를 날렸다.

"야, 원래 선수는 후반전인 거 모르냐?"

언제 그랬냐는 듯 목에 힘을 주는 길모.

"난 이 실장님한테 국제전화 오는 순간 소리 지를 뻔했다니까요."

[나도!]

[형, 우리 이제 대박 날 거 같아요. 사람들이 형 관상을 다들 좋아하잖아요.]

"그렇지? 우리 아예 관상룸으로 나갈까?"

[그것도 좋을 거 같아요. 그럼 다른 룸이랑 완전히 차별화 되잖아요. 관상 보는 웨이터!]

승아도 찬성이다.

"아무튼 기분 열라 좋다. 가불도 한 방에 까고 백 거사인지 백 도사인지 하는 인간 코도 뭉개고… 뭐? 지가 무슨 거사? 놀고 자빠졌네."

길모는 손에 든 양주를 단숨에 넘겼다.

"오빠, 우리 비싼 거 한 병 털까?"

첫 양주가 비어가자 유나가 도발적인 제안을 해왔다.

[야, 사장님이 인심 쓰긴 했지만 그렇다고……]

"아, 존나 쪼잔하네. 내가 가지고 올 테니까 마시자. 사장님이 마음대로 먹으라고 했는데 이런 때가 아니면 언제 마셔?"

"오케이, 콜!"

길모는 유나를 부추겼다. 냉큼 달려 나간 유나는 쿠르부아지에 꼬냑을 들고 왔다.

마르텔, 헤네시와 함께 세계 3대 꼬냑으로 꼽히는 명품. 면세점에서 사도 200만 원에 가까운 술. 룸 테이블에 들어오면 천만 원을 호가하는 명품이었다.

장호와 승아의 눈이 휘둥그레졌지만 유나는 말릴 사이도 없이 병을 오픈하고 말았다.

마셨다.

맛 죽여줬다.

세상에 돈이 없지 술이 없을까? 더구나 방 사장은 면세점에서만 파는 술도 귀신처럼 구해오는 재주가 있는 사람이었다.

"관상룸을 위하여!"

유나가 목이 찢어져라 소리쳤다. 길모는 보스답게 느긋하게 잔을 들어올렸다. 관상이 길모의 인생을 차근차근 바꾸고 있었다.

다음 날 점심, 길모는 잠결에 전화벨 소리를 듣고 잠이 깨었다. 발신자는 창해였다.

—부장님, 진짜 신들렸나 봐요. 그 인간이 교통사고 당했다는 연락이 왔어요.

"그래?"

—그러면서 나한테 사과한다며 합의금 좀 융통해 달라는 거 있죠. 어이가 없어서 쫓아가서 그동안 털린 거 다 받아냈어요.

창해의 목소리는 잔뜩 고조되어 있었다.

"순순히 줘?"

—아니면요? 부장님이 넘겨준 USB 동영상 중에서 다른 여자랑 응응응 거리는 거 몇 편 보여줬더니 얼굴이 하얗게 질리더라고요. 그거 폐기하는 조건으로 나한테 빨아먹은 거 입금받고 병원 침대 앞에서 라이터로 USB 태워 버렸어요. 똑같은

가짜로 말이죠.

"우와, 대박!"

─여기저기 사기친 돈은 다른 여자 이름으로 통장에 꿍쳐둔 모양이더라고요. 내가 한 번 속지 두 번 속겠어요? 나중에라도 딴소리하면 야동을 인터넷에 팍 공유해서 개망신을 줄거라고요. 그리고요…….

창해의 목소리는 빠르게 이어졌다.

─어떤 정신 나간 년이 사다놓은 과일바구니로 면상을 후려갈기고 왔어요. 그 인간 코피가 팍 터지는데 어찌나 기분이 좋던지. 오늘은 날씨까지 왜 이렇게 좋대요?

창해의 전화는 거기서 끊겼다. 한껏 밝은 목소리를 들으니기분이 좋았다.

"아흠!"

꼼짝없이 잠이 깬 길모는 거울에 얼굴을 비춰보았다.

눈!

이 얼마나 신기한 일인가? 척 보면 척하고 알아맞히는 관상능력. 그야 말로 신기(神技)의 눈이었다.

*　　　*　　　*

"야, 홍 부장!"

서 부장이 세 번째 테이블을 받을 때 방 사장이 출근을 했다. 그는 시원한 골프 복장이었다.

"공 치고 오십니까?"

아직 개시를 하지 못한 길모가 인사를 건넸다.

"어제 명품 한 병 작살냈다며?"

"아, 예… 그게……."

"어이구, 고양이에게 생선 맡긴 내가 잘못이지. 난 또 발렌 30년이나 한두 병 먹을 줄 알았더니."

"죄송합니다."

"됐어. 요즘 잘하고 있으니까 투자한 셈 치마. 그건 그렇고 너, 이 시간에 예약 손님 없지?"

"예… 뭐 곧 올 것 같긴 합니다만."

"그럼 준비해라. 잠시 후에 누가 전화할 거다."

"예?"

"야, 네가 관상으로 나 도와줬잖아? 골프장에서 모임이 있었는데 내가 룸 한다니까 술 한잔하겠다는 사람이 있잖겠냐? 주식 큰손인데 요즘 짭짤하게 챙겼나 보더라. 관상으로 썰 좀 팍팍 풀어서 단골 삼아라."

"정, 정말이십니까?"

"이놈이 자칭타칭 관상도사면서 속고만 살았나?"

방 사장은 핀잔을 날리고 안으로 들어갔다.

다로롱당당!

전화는 바로 울렸다.

"캄싸합니돠. 카탈리아 홍 부장입니다!"

방 사장의 말은 맞았다. 차는 오래지 않아 도착했고 길모는 바삐 손님을 모셨다. 손님은 총 네 명이었다.

"여긴 초이스 어떻게 하나?"

크가 훌쩍 큰 남자가 물었다.

"블라인드 초이스입니다만 미리 예약하지 않으시면 아가씨들이 딸려서……."

길모가 둘러댔다. 승아와 유나를 우겨넣기 위한 핑계였다.

"그냥 들어가자. 우리가 무슨 아방궁 차릴 것도 아니고."

맨 뒤에서 내린 남자가 말했다.

이마 끝에 도톰한 살과 비교적 적은 검은자위.

'주식 전문가?'

길모의 눈에 그의 관상이 쏙 빨려 들어왔다. 이마 살로 인한 뛰어난 영감과 작은 검은자위. 경제 동향을 정확히 꿰뚫어볼 수 있는 능력을 겸비한 관상이었다.

덕분에 아가씨 문제는 잘 해결되었다. 아가씨는 둘만 불렀고 승아와 유나가 들어오자 군소리 없이 중간 중간에 앉힌 것이다.

"잘 부탁드립니다. 카날리아 홍 부장입니다!"

길모는 첫 수순에 따라 명함을 건네주었다. 그러자 손님들도 명함을 꺼내놓았다.

한 명은 애널리스트였고 세 명은 투자회사니 컨설팅이니 하는 명함들을 내놓았다. 길모의 손과 눈은 이마 살이 도톰한 남자의 명함에서 멈췄다.

박길제!

후웅!

또 오른손이 급격한 반응을 했다. 그 명함을 잡자 안으로 깊은 울림을 내는 것이다. 게다가 다른 때와는 비교도 안 되는 엄청난 반응.

그렇다면 이건?

『관상왕의 1번 룸』 2권에 계속…